Serge Bressan,

cette histoire d'amitiés inattendues,

très cordialement,

Jean Hatzfeld

DU MÊME AUTEUR

Aux Éditions Gallimard

OÙ EN EST LA NUIT, roman, coll. Blanche, 2011, « Folio » n° 5432.

ROBERT MITCHUM NE REVIENT PAS, roman, coll. Blanche, 2013, « Folio » n° 5890.

ENGLEBERT DES COLLINES, récit, coll. Blanche, 2014, « Folio » n° 5985.

UN PAPA DE SANG, coll. Blanche, 2015, « Folio » n° 6352 (prix Mémoire Albert Cohen 2016).

DEUX MÈTRES DIX, coll. Blanche, 2018, « Folio » n° 6737.

LÀ OÙ TOUT SE TAIT, coll. Blanche, 2021, « Folio » n° 7094.

Chez d'autres éditeurs

L'AIR DE LA GUERRE, récit, Éditions de l'Olivier, 1994 (prix Décembre 1994).

LA GUERRE AU BORD DU FLEUVE, roman, Éditions de l'Olivier, 1999.

DANS LE NU DE LA VIE. RÉCITS DES MARAIS RWANDAIS, Éditions du Seuil, 2000 (prix France Culture 2001).

UNE SAISON DE MACHETTES, récit, Éditions du Seuil, 2003 (prix Femina essai 2003).

LA LIGNE DE FLOTTAISON, roman, Éditions du Seuil, 2005.

LA STRATÉGIE DES ANTILOPES, récit, Éditions du Seuil, 2007 (prix Médicis 2007, Ryszard Kapuściński Prize, 2009).

TU LA RETROUVERAS

JEAN HATZFELD

TU LA RETROUVERAS

roman

nrf

GALLIMARD

1

La scène se répétait, rien n'allait et il faisait un froid de canard. Munie d'une fourche qu'elle maniait avec peine, une fillette incitait des dromadaires à sortir de leur stalle, sourde à leurs blatèrements, que les murs renvoyaient en écho. Ils refusaient de quitter le fond, qu'ils ne cessaient de longer dans une bousculade exaspérée. Izeta ne devait pas avoir plus de dix ans, mais son expérience des animaux la tenait aux aguets et, lorsqu'un grand échalas beige tendit son cou vers son visage, sans crainte de son outil, pour la menacer au plus près de ses incisives, elle cessa de les harceler et réfléchit à une autre manière de les pousser dehors ; au plus vite, car elle n'abandonnait pas l'idée de profiter de la brume d'hiver qui tombait en même temps que la nuit pour les emmener vers le fleuve, seule voie d'évasion pour eux.

À cet instant elle se sut observée ; elle se raidit. Sans peur aucune, elle se concentra sur les possibilités d'une fuite, racla discrètement ses bottes contre le ciment et se retourna, épaules inclinées, prête à foncer et à se débattre. Dans l'embrasure de la porte, un militaire l'observait, les mains posées sur une mitraillette en bandoulière. Une casquette brun et rouge, assez crasseuse pour qu'on le remarque de loin, le coiffait plus bas que les oreilles. Ils restèrent là à se dévisager, ce qui le fit rire. Izeta lança un cri, à l'évidence pour alerter quelqu'un. Sans même un coup d'œil derrière lui, son vis-à-vis dit en roumain, dans un dialecte du Nord qui inspirait confiance :

— Eh, tu ne devrais pas rester en face d'eux à les provoquer. Glisse-toi sur le côté… pique-les par-derrière.

La fourche tendue, la fillette se tourna vers les dromadaires qui ne décoléraient pas. Le militaire reprit :

— Tu leur caches la porte. Dégage la sortie, ils vont charger.

Les dromadaires ouvrirent leurs mâchoires prêtes à mordre.

— C'est quoi ton idée ?

— Les emmener dehors.

— Dehors… du zoo ?

— Oui.

— Ah. Vas-y, je te laisse le passage. Fais gaffe, ces bestiaux peuvent faire très mal.

Elle se coula le long du mur jusqu'au fond, et piqua à petits coups les dromadaires, jusqu'à ce qu'ils se décident à marcher droit vers la porte ; à l'extérieur, le militaire se mit en travers de l'allée afin de la barrer, les animaux bifurquèrent vers la sortie. C'était un galop drolatique car la courte distance les empêchait de déployer leurs jambes. Puis, sous la férule du grand beige, badins comme ils peuvent l'être quand la perspective d'un large espace s'ouvre à eux, ils passèrent à toute allure entre les statues d'éléphants qui veillaient sur le portique du zoo.

Plus loin les attendait une deuxième fille, emmitouflée dans un manteau grenat. Pas plus âgée, moins mate, d'une autre famille, nota le militaire. Elle remua les bras tel un sémaphore pour canaliser la petite caravane vers une rue rectiligne. Au bout, on devinait les silhouettes désarticulées des grues penchées sur le Danube. À chaque carrefour, la fille et le militaire se précipitaient pour fermer l'accès des rues transversales, tandis que, derrière, Izeta frappait dans les mains. Quand les dromadaires comprirent leurs intentions, ils se mirent à l'amble, souple ; les trois durent courir de toutes leurs forces tant ils accéléraient.

— On dirait qu'ils sentent l'eau, cria Izeta, essoufflée.

— Ces bêtes la reniflent sous un mètre de sable, confirma le militaire.

Arrivés au fleuve, les dromadaires échangèrent des grommellements qui pouvaient être des remerciements à leurs accompagnateurs. Ils s'éloignèrent de leur allure ondulée le long de l'eau et s'évanouirent entre des chalands disloqués, des hangars à l'abandon et des barges crevées.

— Vous pensez qu'ils ont une chance ? demanda la fille au manteau.

— Ils vont suivre l'eau. Sortir de la ville. La brume va les couvrir, vous avez vu juste. Ils ont plus de chances que les zèbres que vous avez sortis hier. Parce que, si je comprends bien, c'était vous.

— Vous étiez là ?

— J'explorais les quais avec le régiment. Qu'est-ce qu'on voit sur l'autre rive ? Des zèbres qui se font la malle. On a passé deux jours sans sommeil et pas mal picolé pour tenir le coup. N'empêche ! On était pliés de rire. En plus, reprit-il, les zèbres allaient au petit trot tout en zigzaguant comme si de rien n'était pour éviter les ferrailles et les éclats d'obus par terre, et tout cela en plein froid. Pour des collègues à moi, c'étaient des chevaux de commando peints pour le camouflage. Ils disaient, et on ne savait s'ils plaisantaient : le blanc pour se confondre avec la neige qui s'annonce, le noir pour la nuit. Deux gamines comme vous, qui peut l'imaginer ? Qui vous a donné l'idée du Danube ?

— C'est Sheindel, dit Izeta.

— Non, les ibis, les loutres, expliqua Sheindel au militaire qui en demanda plus.

Ce sont les cris éraillés d'un vol d'ibis au fil du fleuve qui leur ont inspiré l'idée parce que, peu après leur passage, des pélicans échappés du zoo disparaissaient dans la même direction. Les bourrasques les déportaient en larges courbes, mais on voyait qu'ils revenaient sans cesse vers l'eau. Le lendemain, à la tombée de la nuit, ce fut la fuite ventre à terre d'une bande de loutres, qu'elles aperçurent, talonnées en désordre par des blaireaux et des ratons laveurs et, en fin de cortège, un grand dadais de babouin trop désemparé pour rester seul. Ils empruntaient cette rue menant au fleuve, filaient sur les quais ou, pour les bons nageurs, plongeaient dans l'eau. Après avoir tout bien observé, les filles en avaient déduit que les animaux savent ce qu'ils font lorsqu'ils sont libres et pressés de le faire, et elles avaient décidé d'en entraîner d'autres sur la même voie.

L'homme, ou plutôt le jeune homme, parut un instant ébahi, puis son sourire se détendit. Izeta jaugea sa gabardine et ses bottes boueuses jusqu'aux genoux.

— Vous êtes l'Armée rouge ? Russe ?

— L'Armée rouge, moi, je suis moldave.

— Vous êtes à Budapest ? J'ai entendu des gens vous dire du côté de Vác ou de Gödöllő…

— On est là-bas depuis le 20 décembre. Et au sud de Budapest. On continue d'arriver, on regroupe les armées. Je suis entré en ville pour préparer la bataille. Très bientôt. Vous, vous faites quoi, ici ?

— Vous allez gagner ?

— Ça fait des mois qu'on enfonce les nazis. On était en Ukraine, en Moldavie.

— En Roumanie ?

— Oui, aussi. On va prendre Budapest. Mon régiment s'est installé dans les entrepôts de la gare. Pas loin. Je m'appelle Dumitru, lieutenant vétérinaire dans le 54e de cavalerie. Mais vous, dans cet endroit, ce n'est pas croyable, vous êtes qui ? Trop gamines pour travailler là-dedans. Vous n'êtes même pas hongroises. Bon, j'arrête les questions. Je dois partir, à demain ?

— Vous êtes venu à cause des zèbres ?

— Et de la girafe. À elle, il faut souhaiter beaucoup de chance : pour la discrétion, ce n'est pas ça. Avec tous les snipers… Pas d'inquiétudes à avoir de notre côté. On a d'autres soucis que de faire des cartons sur des bêtes et des gamines. À demain ?

Il agita sa casquette.

N'y avait-il aucun passant ? De retour près de l'entrée du zoo, les deux filles jetèrent un œil sur les environs, avant de se glisser entre les quatre éléphants de ciment. Sheindel caressa le mufle d'une jeune impala venue à sa rencontre en bonds frivoles et qui se retourna, fière des trois traits de poils noirs sur ses fesses et sa queue. Les filles se rejoignirent dans une remise, Sheindel attrapa un seau et un tabouret, Izeta une lampe à pétrole, et elles se rendirent à l'ancienne écurie des zèbres, que s'appropriaient désormais des rennes ; elle était plus confortable que leur auvent en rondins nordiques.

— Lùna d'abord, chuchota Izeta, doigt pointé sur une femelle au pelage d'un blanc étincelant.

Elles l'attirèrent à l'écart avec une brassée de foin pour l'attacher à la rambarde par ses bois. Izeta se glissa sous son ventre avec son seau, Lùna émit un renâclement outré, la fillette entama la traite, avec difficulté car, à peine ses doigts serraient-ils les pis, Lùna regimbait en ruades. Sheindel vint à la rescousse, elle s'allongea à plat ventre derrière l'animal et agrippa le bas des pattes arrière pour caler comme elle pouvait l'arrière-train. La douceur des mains enfantines rassura la renne. Izeta se mit à remplir le seau à jets courts, puis reposa ses doigts endoloris. Sheindel prit sa place, plus expérimentée, cela se voyait et, la joue appuyée contre le flanc de l'animal, elle mouilla ses paumes avec du lait pour les rendre glissantes. Elles se relayèrent ainsi et dans leur élan attaquèrent les pis d'une autre renne, à la robe gris perle, du nom de Lyudmilija.

— Il a l'air gentil, il va nous dénoncer ? demanda Sheindel.

— Le soldat ? Pas ce soir, je crois. De toute façon, où aller ? Pour les dromadaires, c'est une chance qu'il ait été là, quelles têtes d'abrutis, ceux-là, avec leurs dents marron pourries.

— Je les aimais, ils se fichaient de tout, ça me faisait rire. Caractère de cons, ça, on ne va pas dire le contraire. Mais pas méchants. Ils en avaient marre de boire l'eau des bassins. Ça fait des années qu'ils tournaient en rond…

— Ils nous prenaient de haut, c'est tout.

— Oh, ça, *grois-halter*, prétentieux, c'est sûr, mais la classe… En plus, ils font rêver, non ? Les caravanes, les hommes bleus… Ils vont nous manquer.

Izeta admit qu'elle s'entendait très bien avec un grand timide, le plus beau, celui dont le cou était couvert de longs poils noirâtres, parce qu'il n'essayait pas de l'impressionner. Sa barbiche lui donnait un air de vieux malin, il venait lui dire bonjour, merci, et elle pouvait croire qu'il demandait de ses nouvelles.

— Les autres, non, je ne sais même pas qui sont tes hommes bleus.

Le seau porté à deux, elles se rendirent à la Maison des Indes du zoo, où elles avaient improvisé une pouponnière, après avoir découvert des bébés faméliques dans tous les coins. « Pardon, pardon, on est en retard », fredonna Sheindel face à une bronca, et elle saisit par le cou le premier, un bébé pingouin ; Izeta lui fourra la tétine dans la bouche. « Au suivant ! » : un faon oryx, il fallut lui tenir la tête à deux mains. « À qui le tour ? » Un chiot coyote… Elles rirent de leurs maladresses et des chahuts qu'elles provoquaient. Deux minuscules mangoustes s'échappèrent tels Hänsel et Gretel sous les arbres du parc. Un poulain zèbre ruait pour distraire une minuscule tigresse dont les yeux reflétaient une mélancolie sans fin qui inquiétait les deux filles.

À l'heure du biberon, d'autres orphelins disséminés ici ou là venaient rejoindre la file. Le faon oryx sortait de chez les kangourous, qui l'avaient adopté. Deux crocodiles adolescents venaient chercher un baume de douceur après une journée passée dans le bassin des hippopotames irascibles. Malgré l'effondrement de leur piscine, de jeunes manchots n'avaient pas osé dans un premier temps squatter une banquise de béton occupée par un ours polaire, unique rescapé de son clan, mais maintenant que ce « Maître de la mer des Tchouktches », comme le nommait une pancarte tombée au sol, se mourait de ses blessures, ils l'entouraient pour adoucir de leurs jabotages son dernier sommeil.

Sans doute un vent léger venu du Sud chassait-il au loin l'habituelle fumée des incendies de fin de journée, car un bombardement rougeoyait bel et bien l'horizon lorsque Izeta et Sheindel ressortirent. Le seau vide à leurs pieds, elles s'émerveillèrent de ce ruban de feu sous un ciel étoilé, très mystérieux car il ne laissait rien voir de l'au-delà qu'il soulignait. Soudain la faim se fit impérieuse. Dans le fourneau de la cantine, elles embrasèrent des bûches pour griller des maïs. Sheindel dénicha un tonnelet de mélasse et caramélisa des pommes au bout d'une pique à la manière de sa grand-mère. Accaparées par le spectacle de la mélasse en train de bouillonner et par son odeur sucrée, elles demeurèrent côte à côte, et ne s'obligèrent pas à rompre le silence, trop épuisées et petites pour trouver si vite des mots à mettre sur leurs souvenirs récents. Quand elles se furent empiffrées, Izeta fit quelques pas de danse, ce qui fit rire Sheindel, puis elles coururent se blottir dans un tas de paille au milieu des lamas qui les accueillirent sans rouspéter contre ce raffut tardif, et elles s'endormirent dans la douceur de leur laine, bercées par le chuchotis de leur rumination, pareil à des murmures.

Hiver 44-45, la Seconde Guerre mondiale entrait dans sa cinquième année mais c'était la deuxième en Hongrie. Neuf mois plus tôt, le 19 mars, les divisions allemandes de l'opération Margarethe I envahissaient le pays sur les ordres d'Hitler pour débloquer avant l'inéluctable défaite la déportation des Juifs de Budapest, et prendre possession des puits de pétrole du lac Balaton afin d'abreuver les milliers de tanks allemands.

Sous le commandement de l'Oberführer Pfeiffer-Wilderbuch, trois corps d'élite des Waffen SS militarisaient la capitale afin de tenir à distance autant que possible les troupes soviétiques des Fronts ukrainiens qui s'approchaient. À la suite de quoi, la Gestapo prenait ses quartiers à l'hôtel Majestic, rejointe par les services IV B4 des Affaires juives et tziganes d'Eichmann qui emménageait en famille dans la Villa Rosehill, à Buda, sur la rive droite, pour mettre sur pied à partir du 15 mai la campagne d'assassinats de Juifs la plus importante sur un seul site de destruction, Birkenau. Ce baroud diabolique de la mise à mort prendrait les noms d'Opération Eichmann à Budapest, Aktion Höss à Auschwitz ou Ungarisches Programm à Berlin.

Tardive, l'occupation nazie de Budapest exalta les miliciens hongrois des Croix-Fléchées qui se sentirent pousser des ailes dès qu'ils reçurent de la Gestapo la mission de participer à la suppression des Juifs, sans exception ni considération pour leur grand nombre, et d'en profiter au passage pour éliminer tous les Tziganes. Lors de leurs razzias, les prisonniers les plus costauds étaient sans délai envoyés sur des chantiers de tunnels, de tranchées et d'entrepôts souterrains en prévision d'un siège ; les hommes plus faibles, les femmes et les enfants étaient parqués dans deux ghettos, pour être déportés par la Gestapo dans les camps de Pologne ou, lorsque le siège interromprait la circulation des convois ferroviaires, être exécutés à la file sur les quais du centre-ville.

En même temps, tout l'été 1944, dans l'espoir d'oublier les lois nazies, ainsi que la perspective d'inévitables batailles contre l'Armée rouge que la radio prédisait chaque jour, les Budapestois envahissaient les parcs et le zoo où ils profitaient des beaux jours en exotique compagnie.

Il faut dire qu'il était l'un des plus anciens zoos du monde, une fierté de l'Empire. Si, dans le cœur des Habsbourg, en particulier celui de Sissi, il n'avait jamais rivalisé avec le Tiergarten Schönbrunn viennois, il se distinguait par la modernité de son architecture. Un portique sculpté de reliefs animaliers ouvrait sur un Palais des éléphants, édifice Art nouveau conçu par le visionnaire Ödön Lechner dont les coupoles vertes s'inspiraient des mosquées de l'empire voisin. Parmi les célébrités qui avaient fait sa réputation, outre les éléphants emblématiques du lieu, les visiteurs avaient prisé au début du XIXe siècle un rhinocéros du pays zoulou, et s'étaient attroupés autour des girafes d'Abyssinie, des tigres du Bengale, des lions des déserts namibiens ou des macaques de Barbarie du djebel Ayashi, dons d'empereurs, de rois, maharajas ou sultans lors de visites et fêtes. Même de pharaons, à en croire une pancarte tombée dans le bassin des crocodiles.

L'illusion ne devait pas perdurer au-delà de septembre. Pour de multiples raisons la ville ne pouvait échapper à son destin qui était d'être prise en tenaille ; l'automne 1944 la trouva en plein chaos. La nouvelle de l'irruption en périphérie des premières divisions mécanisées de la Garde, troupes d'élite de l'Armée rouge auréolées depuis le siège de Stalingrad, provoqua la panique et d'immédiates pénuries alimentaires, donc des trafics sauvages. Des pillards attaquèrent les entrepôts sur les quais et dans la foulée mirent fin à la sanctuarisation du zoo, ils se bousculèrent à l'assaut de la chambre froide et des caves de la brasserie ; tous les kiosques à *lángos* furent dévalisés sur la grande promenade. D'autres pillards plus tueurs débarquèrent armés de couteaux, piolets, toutes sortes d'ustensiles pour découper des mouflons ou des singes, de gros oiseaux bien sûr, au premier rang desquels le paon Sélassié qui dans ses ultimes instants – vanité ou panache – ne résista pas au désir de déployer sa traîne aux reflets verts et bleus face à cette horde ; et les toucans, empressés d'exhiber leurs becs verts ou orange. Appâtés par des rumeurs de gibier facile, des chasseurs rappliquèrent depuis leurs huttes d'affût dans les marais ; ils exécutèrent des manchots naïfs en quête d'une sucrerie, ils fusillèrent un tapir et des léopards, les délaissèrent dès qu'ils aperçurent les bêtes à cornes plus viandues : des koudous, un couple de zébus, une harde de gnous…

C'était assez de sang pour attirer mafieux et saigneurs des abattoirs ; le dernier carré des héroïques soignants animaliers battit en retraite. Les saigneurs s'attaquèrent aux grizzlis, bisons et buffles qui, bien qu'amaigris par la disette, pesaient leurs quintaux de viande. Même à la rhinocéros Octavie et à l'éléphant Hannibal, dont la mantille indienne en soie qui ornait son front s'était entortillée sur sa trompe. Ils les abattirent, ils mutilèrent Hannibal de ses défenses, abandonnèrent Octavie aux vautours à cause de sa peau cuirassée, se précipitèrent pour dépecer les autres à la hache et à la scie, avant de tailler les quartiers au couteau. Cette boucherie se déroula sous les yeux du lion Sultan, assassiné à coups de piques derrière les barreaux de sa cage sans avoir pu défendre l'honneur de l'Atlas. Des félins déséquilibrés par leur captivité dans des cages exiguës tardèrent à reprendre leurs esprits et ne s'enfuirent pas assez vite pour éviter les fers aiguisés des équarisseurs ; les loups et les lynx, au contraire, disparurent à temps.

Ce carnage laissa une multitude d'animaux étendus dans les allées. Des tueurs aussi, égorgés par des panthères dissimulées sur de fausses branches à l'ouverture de leurs cages ; ou malaxés par les charges d'hippopotames. Échappés d'un bassin, des crocodiles déchiquetèrent mollets et cuisses d'éventreurs trop occupés à équarrir des phoques ; il y eut un gros bonhomme transpercé par la corne d'un rhinocéros, une bourgeoise en manteau de fourrure étripée par des élans, son amie étranglée par un boa. Que repérer encore dans ce charnier : des imprudents brisés menu dans les mains de grands singes. Même des autruches parvinrent à éventrer de leurs griffes des fuyards qui eurent la maladresse de trébucher. Un chasseur se fit défoncer la tête pour s'être amusé à défier aux poings un kangourou géant et roux.

En pleine vendange de ce mois d'octobre, lorsque le gros de l'Armée rouge pénétra à son tour en Hongrie à travers champs et vignobles par-dessus les barrières et les potagers, parce que l'armada de tanks était trop pressée pour emprunter les routes, ce fut un tumulte métallique, un spectacle colossal, manifestation d'une volonté farouche, qu'il est impossible de décrire car personne ne le vit, sauf des villageois trop incrédules pour en prendre la mesure. Au 2e Front ukrainien du maréchal Malinovsky, défait à Zaporijjia puis victorieux à Kherson, Lvov, Ouman, en Ukraine, à Chişinău en Moldavie et Iaşi en Roumanie, devait se joindre pour de nouvelles batailles sur la route de Berlin le 3e Front ukrainien du maréchal Tolboukhine, venu par Mohács, au sud, depuis les Balkans où les batailles ne furent guère moins gigantesques. Décembre arriva, froid et humide, les troupes se cantonnèrent près de Szentendre, Érd, Gödöllő, Budaörs. Sans répit, elles déployèrent leur artillerie en cercle autour de Budapest. Le 25 décembre 1944, jour de Noël, la démolition de la route de l'Autriche scella le siège de la capitale.

Le jour de l'An 1945 un pâle soleil d'hiver se leva sur le fleuve. Les chars des divisions blindées SS Totenkopf et Das Reich lancèrent l'offensive Konrad I dans la banlieue nord afin de désenclaver la ville. Les milices des Croix-Fléchées pendirent des Juifs aux arbres des grandes places de la ville, puis, jusqu'au soir, elles poursuivirent dans les deux ghettos leurs razzias de Juifs et de Tziganes, qu'elles escortaient jusqu'au fleuve, fusillaient et jetaient morts ou agonisants dans les flots. C'est dans un de ces cortèges qu'une gamine blonde échevelée, capturée à l'aube dans une rue du ghetto sans vêtement d'hiver, ce qui la rendait plus menue, était emmenée lorsqu'elle se sentit tout à coup saisie au poignet et tirée hors du rang. Sur le trottoir, profitant d'une inattention des miliciens, une dame s'était précipitée sur elle pour l'extirper du cortège, et dans un même mouvement l'entraîner dans une ruelle. « À droite, y a personne », encouragea une voix ; elles s'éclipsèrent dans un marché à moitié détruit, ensuite d'une rue à l'autre jusqu'au domicile de la dame.

La porte verrouillée, celle-ci lâcha le poignet de Sheindel et lui désigna des chaussons. Le salon s'étalait sur un parquet lustré comme Sheindel n'en aurait jamais imaginé. Les fenêtres donnaient sur l'Académie de la place Franz-Liszt ; au-dessus de la cheminée, une broderie en soie représentait les douze tribus d'Israël. La dame s'appelait Ilona, elle était distinguée et pleine d'énergie. Sur une photo, on la reconnaissait parmi une foule qui patinait sur la glace du Danube main dans la main avec son mari. Il a été emmené par la Gestapo il y a trois mois pour construire le fameux rempart du Süd-Ost Wall, sur la frontière autrichienne, conçu par le Führer pour repousser l'Armée rouge hors du Reich. Une lettre écrite à Dunaszeg lui a annoncé son arrestation, une autre tamponnée dans un camp de Hegyeshalom l'a informée de sa déportation, puis leur ont succédé le silence et sa disparition.

Sheindel écouta comme elle put et se raidit pour tenter de dissimuler ses tremblements de froid. Ilona sortit d'un placard un manteau grenat qu'elle lui tendit.

— Un peu grand, l'important est qu'il soit chaud ; avec des yeux bleu-vert pareils, tu comprends le yiddish, n'est-ce pas ?

La chambre qu'elle lui ouvrit était celle d'un garçon. Sheindel s'attarda devant des posters de champions arborant des médailles : les escrimeurs Endre Kabos et Ilona Elek, le boxeur Imre Harangi, l'athlète Ibolya Csák, le joueur de water-polo Miklós Sárkány.

— Ce sont des champions olympiques, aux Jeux de Berlin. Des Juifs hongrois. Mon fils était un fan de sport.

— Il s'appelle comment ?

— Mon fils ? Avrom, il s'appelait. Je parle, je parle, tu dois mourir de faim. Assieds-toi, je te réchauffe des *kneydlekh*.

Rien ne pouvait aller vers le mieux. Un matin, des policiers sonnèrent à la porte et se ruèrent sur Ilona qu'ils abattirent à bout portant, enfiévrés à la vue d'un appartement si luxueux. Sheindel, partie tôt au ravitaillement, entendit sur le palier les détonations ; sans s'approcher de la porte entrebâillée, elle pivota comme une toupie, dévala l'escalier, la main le long de la rampe pour maintenir un appui ; ses pieds rebondissaient par-dessus les marches, en perpétuel déséquilibre. En bas, elle se précipita dans la rue, fonça droit devant elle, là où les trottoirs se présentaient plus dégagés, slaloma entre les carrosseries cramées, bras écartés pour maintenir son équilibre elle escalada les monticules de gravats entravés de ferraille, enjamba sans précaution les cadavres. Pas un regard derrière elle ni sur les passants. Ses bronches sifflèrent, un début d'asphyxie la stoppa net. Mains posées sur un mur, bouche grande ouverte, elle n'attendit pas longtemps un second souffle et elle reprit sa course vers des arbres qui s'élevaient au loin. Ses poumons de gamine en feu, elle ralentit en foulant une herbe épaisse. Devant elle s'étendait une pelouse à l'abandon envahie de pissenlits – si bons pour les lapins, pensa-t-elle – et ceinte de marronniers. Un soulagement proche du vertige la saisit. N'osant s'aventurer à découvert, elle s'accroupit dans un couloir formé par un mur et la rangée d'arbres.

Il y a des attentes qui n'ont pas de durée. Toute la journée, enveloppée de son manteau, elle patienta dans le vacarme des roquettes. Elle tenta de penser à Ilona, à la tristesse qu'elle devrait ressentir, elle n'y parvint pas du tout car elle ne pouvait ni fermer les yeux ni laisser le temps aux images de venir, les stridulations et les explosions l'interrompant sans répit. Pour une fois, le crépuscule apporta le silence, elle sortit de sa cachette, muscles ankylosés par le froid humide. Une clameur persista au loin, des cris – d'animaux, elle en était certaine – qui, de conserve, semblaient appeler la nuit. Elle longea les grilles d'enceinte, renifla des effluves âcres, forts, qu'elle sut être sans les connaître des odeurs d'animaux sauvages : un zoo, ce ne pouvait être que ça.

À un endroit déchiqueté de la grille, Sheindel s'introduisit à pas imprécis et elle eut l'immédiate certitude qu'elle changeait de monde. Une multitude de cadavres jonchait le sol, des corps d'animaux extraordinaires qu'elle n'avait jamais vus. Des gémissements épuisés se répondaient dans l'obscurité qui la firent tressaillir. Des ombres indistinctes s'approchèrent sans bruit, sinon les bruissements de leur respiration, et s'éloignèrent en bonds précipités. Après un moment de stupeur, Sheindel déambula entre les corps, jetant sur eux des regards furtifs, et par-dessus les gravats et les planches arrachées. Il en émanait une puanteur de viande carbonisée sans qu'elle songeât à en être dégoûtée. Elle avait appris à ne pas s'arrêter.

La nuit était tout à fait tombée, mais l'obscurité se laissait amadouer car trois quarts de lune projetaient une faible lumière. Des hululements de chouette retentirent, des piaillements se firent entendre aussi, on se mit à grogner et à japper, puis des hurlements languissants répondirent en écho. Les passerelles autour des cages s'étaient effondrées ; à peine retenus par une ferraille, des balcons pendaient. Au milieu des nénuphars d'un lac miniature, surnageaient des cadavres d'hommes, de tueurs à en croire les ustensiles ou armes près d'eux, sans doute poursuivis par une tribu de babouins dont les dépouilles pourrissaient aussi, noirâtres et gonflées, pas loin. Les parois éclatées de l'aquarium s'étaient éparpillées au sol, un petit train en bois gisait en morceaux sur le flanc tel un serpentin. Toutefois, à l'extrémité opposée du zoo, tout semblait normal, à voir des ombres lentes traverser l'espace comme si elles flottaient. Sheindel courut. Des dromadaires déboulèrent dans l'obscurité, si hauts devant elle, si étranges ; avant de disparaître, ils l'examinèrent avec ce que d'autres auraient pris pour du dédain. Pas elle, car leurs grommellements la réconfortèrent, et elle se dirigea vers des bâtiments plongés dans les ténèbres qu'elle voyait indemnes. Par la porte d'une grange elle devina des bottes de foin, c'est là qu'elle se laissa tomber et se blottit, et renonça à penser à quiconque, trop épuisée pour pleurer comme elle l'aurait désiré.

Quelques jours plus tard, à Angyalföld, un quartier au nord de la ville, un habitant tout essoufflé alerta une patrouille de Croix-Fléchées sur de récents va-et-vient de personnes d'allure louche dans sa rue – étrangères, il en est sûr, il l'a entendu. Il les a suivies jusqu'au portail d'une église, désaffectée depuis le départ du prêtre. Ces personnes se sont réfugiées sur le parvis, autour d'un feu de bivouac. Elles chuchotent plus qu'elles ne parlent, il les dirait tziganes ou pire. « On vous suit », cria un milicien ; ni une ni deux, derrière lui, la patrouille joyeuse s'élança au pas de course et boucla le parvis. Il faisait froid, les flammes d'un feu de bois rougissaient les visages d'une petite assemblée, des femmes, des hommes, des enfants, serrés les uns contre les autres, qui parlaient à voix basse et tapaient des pieds pour se réchauffer. Les miliciens fusillèrent les plus proches. La bousculade fut brève, il y eut peu de cris. Les captifs, encerclés, furent alignés à l'écart des morts et emmenés en file mains au-dessus de la tête vers les quais pour être fusillés et balancés à l'eau.

Seule dans la nef de l'église, une gamine flânait, les yeux rivés sur les fresques que les flammes des chandelles éclairaient au gré des courants d'air. La beauté l'avait attirée, à cet instant la fascinait plus encore le calme, la sensation d'être enveloppée d'un silence comme elle n'en avait pas connu de sa vie. Devant des tableaux que la pénombre rendait plus mystérieux, qu'elle n'aurait osé contempler de si près ailleurs, elle s'immobilisait, respiration retenue pour ne pas troubler le calme absolu. À la première salve de mitraillette, elle courut se recroqueviller sous le drap de l'autel. Dans les ténèbres, une lueur de ciel signalait une fenêtre au fond du chœur, elle s'y précipita à quatre pattes, l'enjamba et se retrouva dehors, dans le jardin du presbytère.

Un bref appel l'arrêta, elle n'eut pas à se retenir de crier, un homme lui plaqua sa main épaisse sur la bouche, la saisit par la hanche, elle ne tenta aucun geste pour se libérer, même sa bouche, parce qu'elle savait que de toute façon elle ne pourrait crier, et il l'emporta tel un sac de patates dans le fouillis des plates-bandes en friche. Une porte donnait sur une rue de derrière où l'homme la reposa à terre. Un bras pointé en biais, il dit des mots hongrois qu'elle ne comprit pas, mais elle détala dans la direction qu'il indiquait. Elle slaloma dans les rues, se heurta à des piétons, glissa, aucun endroit où se cacher, elle sprinta vers une large avenue qu'elle dévala tout droit, courut de toutes ses forces ; ses cris aigus écartaient des passants interloqués. Elle s'orienta à l'oreille vers un bombardement pour s'en rapprocher au plus vite ; fonça dans le vacarme sans hésitation, même lorsqu'une explosion souffla de la poussière rouge de tuiles sur ses joues. Ce qui l'effrayait, c'étaient les hurlements entendus dans l'église, ils continuaient de lui déchirer les oreilles. Indifférente aux arbres déchiquetés, aux corps inertes, elle pressentait que plus elle s'enfoncerait dans le chaos, plus elle se protégerait des tueurs à ses trousses. Soudain, elle foula de l'herbe, et s'arrêta.

Un parc s'ouvrait devant elle, désert, entouré d'une rangée d'arbres, des marronniers surtout, pensa-t-elle en s'abritant sous des branches basses. Sur la pelouse, les explosions lançaient des éclairs, des mottes de terre rebondirent jusqu'à ses pieds. Elle regarda, accroupie, passant ses bras autour de ses jambes, le menton sur les genoux. Les visions se bousculaient sans plus de sens, des flammes qu'on apercevait à travers les fenêtres des immeubles les plus proches et des colonnes de fumée noire. En touchant ses cheveux elle constata la perte de son foulard dans la course. Elle se vit très seule, de cela comme du reste elle se ficha, le reste, c'étaient ceux de l'église, des forêts, et ceux du camp, d'avant, pour le moment elle se contenta de regarder les projections de terre sans imaginer, il va sans dire, qu'une gamine de son âge l'avait précédée ici même quelques jours plus tôt.

Tant que dura le déluge, Izeta se tint figée sous son arbre. Le silence tomba de manière brutale ; aussitôt la pelouse parut s'étendre plus vaste, parsemée tout à coup de fleurs de pissenlit jaunes, les arbres se dressèrent plus haut, le ciel s'éclaircit en bleu, comme si auparavant les explosions d'obus avaient voilé l'air et brouillé sa vue par leur violence. Du revers de la manche, elle essuya des larmes. Annoncé par les battements secs de leurs ailes, un vol de grands corbeaux atterrit sur le champ. Ils entourèrent de près la fillette, tête inclinée, s'empressèrent d'émettre des craillements protecteurs, qu'elle ressentit dénués de pitié, avant de se disperser sur la pelouse de leur démarche pataude, rassurés par le sourire de la fillette, pour becqueter des larves mises à nu dans les excavations d'obus. Toutefois l'un d'eux, plus âgé, qui pouvait être le doyen, resta planté à ses pieds, intrigué – il ne le cacha pas. C'était un vieux beau, le duvet des joues coiffé vers l'arrière par la brise. Les années avaient patiné en un gris délicat le bleuté de son plumage, des poils recouvraient la base de son bec, ébréché sur un côté. Il réfléchit un instant, puis tenta de la distraire avec de petits mouvements de menuet. Elle rit de bon cœur, il lui crailla des encouragements, elle ne devina pas de quoi mais elle sut pourquoi, parce que sa grand-mère, qui conversait avec eux quand l'occasion se présentait, lui en parlait souvent. Ils s'observèrent, la gentillesse qu'Izeta lut dans ses yeux très noirs, roublards, lui fit tendre ses mains. Il insista en cris plus doux, elle le complimenta sur le noir de son plumage, il s'éloigna à grands pas. Ça la décida à bouger et c'est à ce moment qu'elle aperçut une fille vêtue d'un manteau trop long, en plus grenat, à l'autre extrémité du parc, qui se glissait par un trou dans la grille. Elle longea les arbres, se faufila à son tour dans l'étroite ouverture.

À l'intérieur, elle attendit derrière un pan de mur. Personne, rien ne bougeait. Éparpillés au milieu de décombres, sur les pelouses ou dans l'eau des bassins, elle ne voyait que des cadavres d'animaux inconnus et fascinants. Elle plaqua son écharpe sur son nez pour se protéger de la puanteur. Un rhinocéros gisait, dépecé par des vautours qui avaient forcé la cuirasse. Des lions semblaient dormir la gueule ouverte sur leurs énormes crocs. Derrière elle, il y eut comme un frôlement, mais ce n'étaient que des feuilles mortes raclant le sol. Une girafe et un tigre étendus sur le flanc se faisaient face, museau contre museau, comme réconciliés pour l'éternité après la catastrophe. Un gorille noir reposait assis au pied d'un arbre, ses deux mains croisées sur son ventre, la barbe argentée de son menton plaquée contre la poitrine tel un homme sage assoupi à la sieste, sa colossale nuque brisée. Dans le bassin flottaient des animaux trop gonflés pour être identifiables. Elle ne savait plus où regarder, lorsque se tournant vers l'autre extrémité, elle aperçut à nouveau la fille, elle eut cette fois la furtive vision d'un djinn. L'autre lui fit signe de la main d'approcher, vite, plus vite… Elle courut.

— Tous ces animaux… Comment tu es là ?

— Tu es seule ? Tu es tzigane ?

— Oui, je m'appelle Izeta. Tu le sais à l'accent ? demanda la fille.

— L'accent romani, je le connais. Chez moi il y en a beaucoup. Pas seulement l'accent, dit-elle en effleurant ses cheveux. Des cheveux si lisses, et des yeux noirs brillants !

— Et toi, tu as l'air *jevrejin*, si tu es là, tu es juive. Chez vous, les hommes ont des longues barbes et les filles la peau blanche. Elles sont presque transparentes, dit ma mère.

— Ah bon ? Bizarre. On dit que j'ai des joues comme des pommes rouges. Je m'appelle Sheindel.

— Tu es là depuis longtemps ? J'étais avec des Juifs dans la forêt.

— Je te dirai. Suis-moi. Des gens se pointent à la fin des bombardements. Oui, ils fouillent la viande des nouveaux tués et la découpent.

Elles firent bien de se planquer sous la paille d'une stalle car des miliciens ne tardèrent pas, accompagnés de

SS qui inspectèrent les lieux ; à pas trop pressés pour repérer les deux filles. Ensuite, débarquèrent des charrettes conduites par les saigneurs pour emmener les cadavres les plus épais. L'argent qu'on échangea sonna l'heure du départ. C'est une fois le calme revenu que Sheindel eut l'idée d'organiser la fuite des zèbres et d'une girafe, le long du Danube, au moment où passaient sur l'autre rive les cavaliers éberlués du 54e régiment de cavalerie menés par Dumitru, leur lieutenant vétérinaire.

Le lendemain de sa rencontre avec les fillettes, Dumitru se consacra à ses chevaux, très agités, non par les bombardements mais par le vacarme de la gare aménagée en écurie. Familiarisés avec les détonations comme avec les odeurs de sang et de brûlé des champs de bataille dans les forêts de Koursk ou dans la boue de Tcherkassy, parfois même jusqu'à l'addiction, ces chevaux s'effrayaient en revanche de l'enfermement et des réverbérations sonores de leurs sabots sur le ciment, des cris, autant que du manque d'air, parce que les coursiers des steppes restent d'indécrottables paysans.

C'étaient des Kabardin du Caucase, noirs, durs au mal, rapides grâce à leurs pattes fuselées. Dumitru débordait d'admiration pour leur allure – cela ne l'empêcherait pas quelques mois plus tard de tomber sous le charme des Nonius hongrois –, ils demeuraient sereins dans le cataclysme des combats où leurs larges sabots et leurs poumons profonds leur conféraient une endurance sans limite, à condition toutefois qu'ils puissent porter leur vue au loin. On montait aussi dans son régiment des

Chumysh de l'Altaï, chevaux râblés, placides, susceptibles d'accepter le harnais et de tirer des attelages.

Soudain très impatient de retrouver le zoo, Dumitru prescrivit les derniers soins aux palefreniers et fila par l'arrière de la gare. Les rues étaient plongées dans les ténèbres ; à son arrivée les animaux s'ébrouaient en mille bruissements. Il s'arrêta près des bassins pour lancer un bonsoir ; sans réponse, il se dirigea vers la lueur d'une lampe, dans une resserre, et trouva les filles en grand bavardage.

— Pour vous ! dit-il en déposant un carton sur la table.

Les deux filles fouillèrent aussitôt.

— Du chocolat !

— *Meyn Gat ! Er iz english !*

— Pas de cigarettes ?

— Tu fumes ? T'as pas dix ans, je parie, et Dumitru tendit son paquet à Izeta. Vous êtes là depuis longtemps ? Vous venez d'où ?

— Sighetu Marmaţiei, dit Sheindel.

— Sighetu ? Ça se trouve à des centaines de kilomètres. Tu l'as fait à pied ? Toute seule ? Dis donc, et toi ?

— Moi, de Sarajevo, dit Izeta.

— De Sarajevo ? Tu ne m'avais pas dit, s'exclama Sheindel. Ma mère est de là-bas, j'y allais avec elle.

Dumitru sortit. Il appela :

— Vous me faites visiter ?

Ils se dirigèrent vers la zone sinistrée, Dumitru très curieux derrière les filles. Des restes continuaient de pourrir, qu'étripaient les charognards noctambules. Dans une atmosphère conviviale, s'étonna Dumitru, un renard et des coyotes et un chacal se partageaient, museaux trempés de sang, la dépouille d'un tigre. D'insatiables fouines ne cessaient de vagabonder d'un buffet à l'autre, babines retroussées sur leurs minuscules canines pour goûter à tout.

— Oh que ça pue ! protesta Dumitru. Que ça pue !

— Tant mieux, ça fait fuir les gens, dirent les deux filles.

Révulsé par la pestilence, Dumitru s'éloigna, les narines couvertes à l'aide de sa casquette, en direction d'une volière tropicale, éventrée sur un flanc, qui avait rendu leur liberté aux oiseaux. Tous ne s'étaient pas volatilisés, certains se contentaient des arbres du parc d'à côté, et beaucoup, partis dans la froidure au-dessus des toits de la ville, en étaient revenus, effrayés par les obus.

Les oiseaux boivent sans cesse même si ça ne se voit pas, il faudrait leur trouver des récipients pour leur mettre de l'eau, se disait Dumitru, lorsqu'il se figea en arrêt, tel un chien de chasse, à la vue d'hippopotames dans un bassin.

— Ils sont vivants, comment vous faites ?

— On a trouvé une remise remplie de choux, on leur fourre dans la gueule, ils écrasent ça en purée d'un coup. Faut le voir ! Ou du foin, ils aiment moins, surtout la dame, elle fait des chichis, ils ouvrent la gueule quand même. Pour le merci, on repasse.

Izeta ajouta qu'elles projetaient de les conduire jusqu'au Danube, eux aussi. Les hippopotames savent nager, non ?

— Ils sont plus baigneurs que nageurs, mais ça devrait aller, répondit Dumitru. Attention, ce sont des lourds hargneux. Il leur faudrait un gros repas avant de partir.

Affamés comme ils doivent l'être, ils deviennent imprévisibles.

Il recommanda de les lâcher tout de suite dans le parc. Ces animaux ne sont pas du genre à vadrouiller dans les rues. Ils somnolent la journée, broutent toute la nuit, jamais loin de leur baignoire.

— Goinfres comme ils sont, ils se rempliront le bidon pour plusieurs jours, dit-il.

Dans une remise, ils piquèrent des choux sur des fourches et revinrent au bord du bassin en les agitant au ras des naseaux endormis jusqu'à ce qu'ils soufflent d'envie.

— Ils ont un nom ? demanda Dumitru.

— Hâpy le plus fort ; avec des taches roses, Seth. C'est écrit sur une pancarte. Et Taouret, la dame, elle, une vraie mégère.

Au commandement de Dumitru, les trois reculèrent, fourches brandies au plus près des hippopotames, qui s'extirpèrent de l'eau et trottèrent derrière eux, les yeux agacés et gloutons. Dans le parc, il planait une odeur d'herbe crue, la brume l'humidifiait, elle affriola les pachydermes qui se mirent à jouer et à danser en petits bonds avec une légèreté incongrue. Cela fit rire les deux filles d'un rire si fort qu'il stoppa net les danseurs. Redevenus gandins, les deux mâles s'éloignèrent pour disperser aux quatre coins du parc des giclées de crottin – plus volumineuses elles étaient, plus ils s'égaillaient –, avant de rejoindre Taouret qui déjà tondait l'herbe de ses lèvres flasques sans leur accorder la moindre attention.

L'aube apparut sans qu'ils aient cessé de se gaver ; ils revinrent vers leur bassin le ventre rond, les yeux plissés par le sommeil et descendirent les marches à petits pas jusqu'à l'eau. Le soir, lorsqu'il leur fut proposé de repartir, cette fois en direction du fleuve, ils se montrèrent d'emblée ravis et dociles. Tout au long de la rue qui y menait, ils trottaient la gueule entrouverte, au cas où ; l'expédition frôla la catastrophe lorsqu'un roquet sorti de nulle part se jeta sur les mollets de Taouret, mais il décanilla, hurlant en silence, la gueule arrachée ; derrière, les deux filles portaient les fourches sur l'épaule ; en queue de peloton Dumitru poussait sur une brouette deux jeunes crocodiles du Nil, ligotés et muselés. Sur le quai, libérés de leurs cordes, les crocodiles vagirent d'indignation – à la grande joie des filles – et se précipitèrent en petits sauts frénétiques sur le quai ; ce n'était pas l'eau dont pouvaient rêver des crocodiles, sans doute que son opacité malodorante plus que sa température provoqua leur arrêt sur le bord ; ils s'y glissèrent sans s'attarder. Derrière, les hippopotames tâtèrent une bonne minute le flot glacial du bout des pattes avant de les rejoindre dans le courant.

— Ce sont des voisins de toujours, commenta Dumitru. Ils se bouffent la gueule pour un oui ou pour un non et ils ne se quittent pas d'une semelle.

— Vous êtes vraiment vétérinaire ? demanda Sheindel.

Dumitru s'apprêtait à retracer ses études, l'exécution de son père par les Allemands, une chevauchée à cru dans les montagnes, sa capture par un commando de l'Armée rouge... lorsqu'un fracas l'interrompit.

— Les nôtres bombardent pas loin, faites gaffe à vous, les fillettes. Je file.

— Gaffe comment ? dit Izeta après son départ.

Elles jetèrent un dernier coup d'œil sur le fleuve d'un gris qui n'était pas celui de nuages, plutôt d'un gris de cimenterie qui chercherait à soustraire aux regards ce qu'il est contraint de transporter. Une barge, ses amarres de lassitude rompues, flottait à la dérive jusqu'à sa collision contre un ponton.

Elles remontèrent au zoo, en rasant les façades car des tirs de snipers claquaient, inquiètes surtout de savoir si la bande de singes, en leur absence, n'avait pas chapardé le chocolat qu'elles avaient oublié sur la table.

Des jours s'écoulèrent, rapides comme ils peuvent l'être en hiver, de mieux en mieux occupés ; au zoo on apprit sans y penser une nouvelle existence qui pour personne ne ressemblait à quelque chose de connu auparavant.

Un matin, Izeta enfila une paire de bottes en caoutchouc démesurées dans le vestiaire des soigneurs. Les cheveux enveloppés sous un fichu, une fourche à l'épaule, elle entra dans la stalle que les filles partageaient désormais avec les lamas. Opération fumier. Elle l'enleva avec minutie parce qu'elle s'en accommodait plus mal que Sheindel et se réveillait en sursaut les narines dégoûtées. Les allers-retours derrière la brouette la réchauffaient, elle s'impatientait quand même du thé qui tardait. La poitrine tassée par un pressentiment, elle marcha vers la cantine. Vide, personne non plus dans la remise, elle n'en fut alors pas étonnée, elle contourna la volière à tout hasard. Aucune trace de Sheindel. Elle l'appela, se précipita dehors pour dévaler l'avenue Andrássy, tourna à droite, à gauche, encore à droite, c'était une longue course, elle ne ralentit pas. Au carrefour de la rue Vasvári-

Pál, elle l'aperçut, blottie comme à son habitude dans la carcasse carbonisée d'un tramway.

— Viens, ne fais pas l'idiote.

Elle l'agrippa par le bras pour l'en sortir, des passants marquèrent un temps d'arrêt sur le trottoir d'en face, trop tard. À cet instant, un cortège surgit dans la rue Király. En tête, des miliciens coiffés de leurs calots verts marchaient d'un pas trop impulsif pour être cadencé. Derrière, un premier rang de femmes ; les suivait une foule d'hommes, le plus souvent cravatés, et encore des femmes silencieuses avec leurs enfants. Des hommes vêtus d'habits religieux marchaient en petits groupes, il y en a qui s'étaient bandé la tête d'un tissu pour dissimuler des blessures ou simplement la nudité de leurs joues qu'ils avaient sans doute été obligés de raser en guise d'humiliation. Ils avançaient au rythme des militaires hongrois et des gendarmes allemands fusils à la main. Tous ne portaient pas l'étoile jaune, ils levaient les mains à hauteur d'épaules, rien dans leur comportement ne trahissait la panique. La marche n'était troublée que par les cris des miliciens. Sur les trottoirs, on chuchotait, les passants s'arrêtaient, sauf ceux qui filaient pour ne plus voir.

Sheindel regardait chaque visage avec sa ténacité de gamine à la recherche de quelqu'un, sans y croire assez pour l'espérer ou pas. Des années plus tard, lorsque tout serait derrière pour tout le monde et qu'elle veillerait des nuits entières à contempler ces visages sur des photos de ces cortèges découvertes dans les archives d'un mémorial, en tentant parfois de discerner ceux qui pouvaient être des Tziganes parmi les Juifs, jamais elle ne retrouverait ce qu'elle avait vu alors sur les visages, comme si ses yeux glissaient sur les photos.

Le cortège n'était pas très long aujourd'hui, un temps interminable malgré tout. Lorsque les miliciens qui fermaient la marche furent passés avec des cris de victoire, Izeta tira sa copine par le bras avant que ne résonnent plus bas, depuis les rives du Danube, les crépitations redoutées.

— Viens ! On va se faire repérer à force…

Les deux filles sortirent de la carcasse métallique, s'éloignèrent d'abord main dans la main, avant de piquer un sprint. Dans une rue, elles furent ralenties par la foule de personnes munies de bidons en attente devant une canalisation éventrée, elles repartirent au pas de course. Après s'être assurées qu'elles n'étaient pas suivies, elles entrèrent dans le zoo, où l'on n'entendait que le son mat d'un pilonnage lointain. D'épais flocons de neige annoncèrent une température moins glaciale. Izeta reprit sa corvée de fumier, tandis que Sheindel multipliait les allers-retours pour abreuver des animaux. Plus tard, quand elle fut certaine que le feu avait pris dans le fourneau, Izeta se tourna vers Sheindel :

— Ce tramway, n'y va plus. Tu te fais du mal pour rien.

— Les Russes attendent quoi ? Qu'ils soient tous tués ?

Elles décidèrent de poser la question à Dumitru. Izeta raconta qu'elle avait vu sa famille pour la dernière fois dans le camp de Jasenovac, en Croatie. Elle avait un oncle à Gorica, sur une hauteur de Sarajevo. C'était le ferrailleur le plus connu de la ville, il possédait des chevaux et des guitares, un *baro* très écouté. De Sarajevo, Sheindel ne connaissait que Bjelave, le quartier des Juifs, au sommet d'une colline aussi. La maison de sa grand-mère jouxtait la synagogue au début d'une rue tortueuse. À partir d'une station de tramway, en bas, près d'un pont de la Miljacka se dressait une pente si raide que les charrettes à cheval devaient s'arrêter à mi-hauteur, c'étaient les porteurs qui les relayaient. Sheindel et sa mère la montaient à pied quand elles arrivaient.

— En haut, on s'arrêtait tout essoufflées, on était chez nous, dit Sheindel. Ma mère allait écouter rabbi Mordehaj quand il lisait les écrits. Elle aimait beaucoup ses interprétations, plus que celles de mon père, je crois. Moi aussi, à cause des histoires. Il racontait les temps anciens comme si c'était hier, il faisait revivre des personnages fabuleux, des nomades du désert, ou d'Espagne. Il les mêlait avec ceux de l'Égypte, de la Grèce antique, les traîtrises, les animaux bibliques.

— Nous, on chantait, on dansait. On ne lisait pas vraiment. Chez nous, tu n'attends jamais longtemps sans entendre de la musique ; si ce n'est pas chez toi, c'est à côté, de la guitare, de l'accordéon. Chez nous on aimait la flûte à cause de papa. Ta synagogue, tu sais qu'on la voit de chez mon oncle ? Des Juifs habitent à Gorica aussi, pas beaucoup, ils sont là depuis si longtemps qu'on ne pense plus à leur dire de s'en aller. Ils nous amusent avec leurs toques en fourrure et leurs chapeaux. Les jours de fête, on leur portait des plats ; ils faisaient pareil quand c'était fête chez eux. On ne se mélangeait pas, quand même. Gorica est réservé aux Tziganes, ça fait longtemps que les autres n'osent pas monter.

C'est pourtant là-haut, à leur retour de Roumanie, qu'ils se sont fait prendre. Dès que les roulottes sont arrivées à

Sarajevo par la route d'Ilidža, son père a envoyé à Gorica un garçon pour prévenir. Toute la tribu a dévalé donner un coup de main pour que la caravane ne s'attarde pas chez les *gadjé*, car les rumeurs de la catastrophe n'avaient pas cessé pendant leur absence. La route avait épuisé les chevaux à cause de la peur de la guerre, ils étaient contents de rentrer chez eux mais ils avaient maigri sans plainte et n'étaient plus assez forts pour tirer les roulottes. C'est une pente qui tourne, on a poussé derrière, même les enfants se sont arc-boutés, à chaque virage c'étaient des éclats de rire, les blagues des hommes et des femmes, les retrouvailles et le soulagement. L'oncle d'Izeta s'était construit une vaste demeure, flanquée d'une tourelle et d'une véranda vitrée qui accueillait les familles de la caravane pendant l'hiver. Sur une large plate-bande, au bord de la pente, les roulottes étaient garées en rang. L'herbe ne manquait pas, les chevaux bouchonnés le matin par les enfants allaient comme ils voulaient ; libérés de leurs mors, étalons et juments hennissaient et se mordaient et mettaient en route les poulains d'été à la grande joie des enfants moqueurs ; inutile de leur dire de ne pas descendre dans la ville d'en bas.

On a commencé à réparer les harnais, à coudre, à faire ce qui se fait chaque hiver : les gravures sur les assiettes en étain, les cafetières, les chaussons… Toutes les maisons disposaient d'un cabanon ou d'un hangar pour fabriquer de quoi vendre à la Baščaršija et à Ilidža, ou en voyage quand ils repartaient. Ils ont entendu les rumeurs d'assassinats et d'arrestations de Tziganes en ville, mais ils se sont sentis protégés à Gorica.

— On a quand même descendu les animaux et la musique dans la ville. Le spectacle, c'est notre métier.

— Quels animaux ?

— Deux ours, moi seule préparais leur repas et les brossais. Un ours, tu lui brosses le ventre, il te sauve la vie si l'occasion se présente. Un singe, pour les accompagner… Ils nous ont repérés.

Une nuit très noire, les Oustachis sont montés de Ciglane. Les chiens de garde de l'oncle d'Izeta les ont attaqués. Tous les chiens de Gorica ont accouru à la rescousse, les Oustachis ont riposté à coups de fusil, ça a donné l'alerte. Des habitants ont réussi à fuir en dévalant à travers les jardins jusqu'à un bois, ou en se cachant derrière les tas de ferraille.

— Pas nous, on habitait au bord, la première maison.

— Les Allemands vous ont emmenés ?

— Pas des Allemands, des Oustachis de la *Crna Legija*, des Croates et même des hommes de Sarajevo. Ils nous ont surpris, ils nous ont arraché nos affaires. Surtout les montres et les bijoux, les Tziganes en portent beaucoup.

Toute la nuit, Izeta et les siens ont entendu les tirs sur des fuyards dans les jardins, et sur les chiens et les ours ; les chevaux volés avec les quelques moutons pour l'Aïd des musulmans. Les Oustachis ont attendu l'aube pour escorter les Tziganes vers la gare routière, en bas, où on les a chargés sur des camions.

Le voyage a duré une journée, jusqu'à un camp entouré d'une muraille de brique. Izeta revoit les personnes pendues sous des barres, la foule, elle entend les cris et des hurlements.

— Tous contre un mur, on nous a encore fouillés ; puisqu'on n'avait plus rien, ils nous ont frappés. Ils ont tué les parents, les petits enfants, les vieux, presque tout le monde.

— Tes parents ?

— Papa, maman, tous les parents.

— Avec des fusils ?

— Non, au couteau, beaucoup à la scie, la hache. Là-bas, ils sont assis sur des chaises, ils attendent les Tziganes qu'on leur amène, ils posent des questions derrière une table, et ils égorgent directement à côté, plus loin, ils le font dehors pour qu'on voie bien. C'est partout dans le camp, tant que les camions arrivent. Aucun coup de fusil. Ils ont égorgé mon père, ma mère. Ils n'ont pas crié, je ne les ai pas entendus, de toute façon c'est comme si je n'entendais plus rien. Moi, on m'a emmenée dehors avec un groupe d'enfants. Nous avons marché vers le bord de la rivière.

A-t-elle pensé qu'on allait les noyer ? Elle ne sait pas, elle n'a pas eu peur, en tout cas elle ne s'en souvient pas. Les survivants ont suivi la rivière jusqu'à une digue qu'on leur a fait escalader pour travailler. Porter des pierres, construire avec des pierres, des troncs. On voyait passer des radeaux, les Oustachis jetaient des gens vivants dans l'eau gelée.

— Et tu t'es enfuie ?

— Non. On m'a vendue.

Un jour, Izeta préparait un attelage pour le transport des poutres. En passant l'étrille, elle a remarqué un abcès au boulet d'un cheval. À l'aide d'un tesson de bouteille elle l'a crevé et elle a nettoyé la plaie en pressant la sève de feuilles. Un Oustachi l'observait derrière des madriers, et il l'a emmenée, la main agrippée sur son bras. Comme il ne frappait pas, Izeta a cru qu'il allait la tuer, mais il lui a demandé si elle connaissait les chevaux. Elle n'a pas répondu. Tous les enfants tziganes savent soigner les chevaux, il lui a dit, et de le suivre sans parler, en montrant son couteau. Ils ont contourné des empilages de poutres, il l'a fait sortir par-derrière parce qu'il la volait, et il l'a conduite dans un bar au bord de la route. Où il l'a vendue à un Hongrois.

— Oui, oui, pas besoin de comprendre les paroles, quand on marchande, ça se comprend. J'ai vu les billets de l'acheteur. C'était un Hongrois d'Arad, il parlait roumain. Il m'a dit qu'il connaissait beaucoup de Tziganes à Arad parce qu'il leur achetait ses chevaux là-bas. Il possédait un cercle d'équitation très riche à Pécs. Les écuries se trouvaient dans un château, tu imagines ?

Le Hongrois lui a tendu des chaussures en cuir, des moufles, des vêtements chauds, ceux qu'elle porte encore. Elle a travaillé plus de deux ans à nettoyer les box, bouchonner les chevaux, cureter les sabots. Il était lourd, ce travail du cheval, pour une petite fille, sans aucun jour de repos, mais à manger tant qu'on voulait. Elle apprêtait les montures pour les clients, des alezans, hauts du garrot et très doux, idéaux pour la promenade, sauf les étalons, rageurs comme ils le sont partout. Le soir, elle emmenait à la longe dans le parc ceux qui n'étaient pas sortis, pour calmer leurs nerfs et bien entretenir leur cœur. Elle n'oubliait personne de sa famille, les souvenirs surgissaient à tout moment, la mort surveillait alentour et l'attendait, elle le savait, mais son intelligence de gamine ne voulait pas s'y perdre, voilà pourquoi elle profitait de la tranquillité. Lorsque les nazis ont envahi la ville, des militaires se sont installés dans le château, ils ont pillé sans délai les chevaux et les équipements d'écurie.

— Je travaillais le foin dans la grange, un bon garçon m'a rejointe en catimini, il m'a avertie que les soldats me cherchaient, il a fait le guet, j'ai sauté par la fenêtre sur les bottes de paille, j'ai couru par-derrière. On m'avait enlevé les lacets de mes chaussures pour m'empêcher de courir, je les avais remplacés par des ficelles.

Elle a foncé de toutes ses forces entre les tas de fumier et les charrettes. Elle est passée par un grand pré plein de chardons où elle allait avec les chevaux et s'est glissée sous une barrière cassée, puis elle a traversé la rivière au bon endroit sur des pierres. De l'autre côté, la forêt, qu'elle connaissait aussi ; elle est allée d'un arbre à l'autre, jusque dans la nuit. Au milieu des ténèbres, elle a entendu des fuyards ; à leurs chuchotements, elle a reconnu des Sinti, des Romni, des Cigani comme elle. Il y avait aussi beaucoup de Serbes, mais surtout des Juifs. Beaucoup de Juifs, qui arrivaient en famille de Serbie, de Croatie, de Bosnie, plus loin de Grèce, il y en avait d'Albanie. Au fond, c'était la forêt des Juifs. Ceux qui avaient emporté des valises et des sacs les distribuaient pour le couchage. Ils dormaient où ils pouvaient se cacher. Ils avançaient dans les forêts la nuit, le matin ils cherchaient les branchages touffus ; tous mêlés, ils ont partagé une longue fuite. C'était l'amitié des fugitifs, les chapardages partagés, la confusion des prières et des langages, on oubliait les mésententes de la vie d'avant, on se sauvait ensemble. Dans une forêt l'oreille écoute tout, surtout les nuits ; ils ont entendu les cris des bêtes sauvages, avant tout les hiboux ; c'étaient les aboiements des chiens allemands qui les effrayaient, les cris pas moins féroces de leurs maîtres derrière, les fusils ; même quand ils ont traversé à découvert les champs, la chance n'a pas abandonné le groupe d'Izeta. Ils sont arrivés à Budapest par une nuit sans lune. Après s'être avancés dans les rues de décombres, ils ont repéré une église abandonnée, elle était entourée d'une pelouse couverte de feuilles non ramassées et de saletés poussées par le vent. Une maison de Dieu. Ils ont cru à leur chance, ils ont murmuré des prières et s'y sont cachés.

— Les tueurs sont venus. J'étais à l'intérieur, j'y ai échappé. C'est tout.

Sheindel lui enleva son fichu ; dénoués, ses cheveux tombaient sous les épaules. Un soleil d'hiver parvint à percer le ciel gris, baignant l'air d'une lumière claire, sinon d'une température plus douce.

— Ce noir, admira Sheindel en lissant les cheveux déjà lisses de sa copine. Tu sais quoi ? On va se laver les cheveux.

Les filles s'installèrent au bord de l'ancien bassin des crocodiles, munies d'un savon, d'un seau et de serviettes de service. Elles pouffaient bas afin de ne pas éveiller la curiosité d'éventuels passants derrière les grilles, leur gaieté attira une file de manchots. Habillés comme eux de noir et blanc, des singes colobes se mirent à glapir, et une tigreau commença à jouer avec la mousse. Soudain, un vrombissement strident vida les lieux. Des avions de reconnaissance survolèrent la ville avant de s'éclipser, aussitôt suivis de bombardiers, plus graves, et du vacarme des bombes. Sous un toit de hangar, Izeta et Sheindel observèrent les chapelets de tubes métalliques qui s'échappaient de leurs carlingues. À Izeta qui s'étonna qu'elle puisse distinguer les avions anglais des avions américains, Sheindel expliqua les sigles lus sur les carlingues.

— T'as été à l'école ?

— Double école, mon père était rabbin. Même triple. On étudiait avec les professeurs, chez les rabbins, et encore à la maison avec maman.

— Tu m'apprendrais à lire ?

— T'es pas allée en classe ?

— Où ?

Elles rirent.

— Moi, reprit Izeta, j'ai appris la petite flûte, la danse et à faire danser l'ours.

— Tu m'apprendras ?

— J'ai vu des marques sur le museau d'un ours. Le noir qui dort sur le dos. Il a porté une muselière, il a vécu chez des Tziganes, je suis sûre. En plus, je crois qu'il m'a repérée.

— Repérée ?

— Quand il a ouvert ses yeux, je l'ai vu. De toute façon, il dort pour l'hiver. Ma grand-mère disait : *Paćivalo sar rićhinesqi lindri*, digne comme le sommeil d'un ours. Tu entends les bombes ? Les Hongrois, ce qu'ils prennent sur la tête ! Partout la fumée des incendies. Le brûlé sent jusqu'ici. Il ne va pas en rester un.

— Tu ne les aimes pas !

— Ils t'aiment, tu crois ?

Dans la soirée, elles se contentèrent d'abreuver les bêtes à la va-vite et de traire Lùna. Des merles chantaient, puis des rossignols plus pensifs ; ensuite, attendant leur tour, des hiboux, et tous les autres oiseaux s'y mirent, pas tous musicaux, mais avec entrain, et les deux filles se glissèrent sous leurs couvertures dans le foin. La poussière leur picota le nez tandis qu'elles s'endormaient, épuisées. Le ciel s'en aperçut, du moins le crurent-elles, qui fit silence. Un coyote s'essaya à des jappements mélancoliques.

Le siège affamait la ville sans hâte. Au zoo, les victuailles s'épuisèrent, Sheindel et Izeta reprirent leur régime de betteraves et de harengs prélevés sur les rations des manchots chez qui elles s'invitaient. C'est au milieu d'un de ces déjeuners que des éclats de rire les firent sursauter. Ils venaient de l'entrée, et plus ils se rapprochaient et se précisaient, plus ils s'entendaient comme des ricanements. Les deux filles reculèrent, main dans la main, et surgit une bande de hyènes brunâtres, vêtues de fourrures enrichies par l'hiver. Elles marchaient à cinq sur un même rang, de guingois, comme si leur arrière-train affaissé rechignait à suivre et, aussi inattendues, leurs langues pendouillaient sur le côté, sans que cela les empêche de ricaner. Timidité ? Gêne ? Était-ce une menace malicieuse, ou simplement de la bonne humeur suite à un bon coup ? se demanda Izeta. Une certitude, elles faisaient comme chez elles.

— Eh bien, mesdames, on n'est pas si mal ici, hein ! dit Sheindel. Vise leurs dents. Tu crois...

— Tu penses ! Vise leurs estomacs tout ronds. Sûr qu'elles ne reviennent pas pour nous prendre du bifteck dans la cuisse. C'est bon, en ville ? Menu à volonté ? On préfère ne pas savoir le détail. C'est gentil d'être venues.

Dans chaque bâtiment, les hyènes flairèrent des recoins à la recherche d'un endroit douillet ; enfin elles jetèrent leur dévolu sur l'ancien Palais des éléphants, où les filles sans tarder répandirent de la paille. Une fois qu'elle se furent allongées afin de la tester, les hyènes en rang poursuivirent de leur trot souple leurs observations des changements survenus en leur absence. Elles s'attardèrent dans la zone appelée « le cimetière » par les filles ; elles humèrent des ossements plus ou moins rongés par d'autres. Goulues ou gourmandes, chacune saisit un par un les os d'un cadavre et les broya sans rien laisser choir. De temps en temps elles sautaient en direction des vautours excédés, pour provoquer leurs bonds malhabiles et s'amuser de leur frayeur dont elles semblaient familières. Cet en-cas avalé, elles entreprirent une toilette succincte un peu à l'écart des filles, le regard oblique, histoire de ne pas brûler les étapes.

— On dirait que tu les aimes bien, dit Sheindel.

— On en a eu une. Papa l'avait récupérée dans un village du Jiu, en Roumanie, où on s'arrête chaque été.

Il était revenu un soir tirant au bout d'une corde une hyène qu'il avait dû échanger contre des broderies. On lui voyait des poils gris au museau, elle était mince comme peuvent l'être les personnes un peu âgées qui n'ont plus grand appétit. C'est vrai qu'elle mangeait peu, elle se tenait avec eux aux repas, pour être servie des os et des abats. Elle a adopté toute la famille, qui a cependant cru au début que ça finirait mal entre l'ours et elle parce qu'ils se montraient les dents. Les méchancetés n'ont pas duré ; trop intelligents pour se pourrir l'existence, ils se sont compris, et copain copine, Gugu l'ours et Ljepota la hyène sont devenus le clou des spectacles. Gugu dansait, Ljepota ricanait. Elle apprenait vite, tous les soirs, ses ricanements résonnaient dans la nuit ; le public écoutait bouche bée ou riait tout bas, en fait il ne savait comment réagir. Les Tziganes avaient compris qu'elle ne se moquait de rien ni personne, surtout pas de l'ours qui lui aussi le savait. Elle s'y prêtait pour eux ou pour le spectacle, peut-être pour un motif personnel. En tout cas, c'était chaque soir la belle surprise, à la fin le public applaudissait. Sa poitrine se distinguait, très noire, sous son cou délicat. Ljepota était une élégante qui plaisait bien sûr à la mère d'Izeta et que les enfants taquinaient. Elle réagissait toujours en douceur, et pourtant les mauvais traitements, elle connaissait.

À Bratislava, elle a été caillassée. Elle a quitté la roulotte, sans doute pour suivre à l'improviste une piste comme ça lui arrivait. La famille s'en inquiétait chaque fois, mais n'y pouvait pas grand-chose parce que Ljepota avait besoin de temps à autre de se changer les idées. Ce jour-là, elle a débouché sur une place où il ne fallait pas. À peine avait-elle flairé l'hostilité d'un groupe de *gadjé* qui buvait dans un café, qu'il était trop tard. Ils se sont rués pour la cerner sans lui laisser d'échappatoire et ils l'ont lapidée à coups de bouteilles et de pierres. Alertés, les Tziganes sont accourus, trop tard, Ljepota a agonisé sans une plainte dans les bras du père, les flancs et la tête en sang.

— Partout où la roulotte passait, il fallait la protéger des abrutis de *gadjé* qui lui balançaient ce qu'ils trouvaient à portée de main. Ce jour-là elle s'est trouvée trop seule.

— Des *gadjé* ?

— Les *gadjé*, les autres, quoi, ceux qui ne sont pas comme nous, tu vois ?

— Les *goyim*.

— Chez vous, on dit comme ça ?

— On s'en méfie pareil.

Vers la mi-janvier, le ciel se déchira. Une terrible offensive de tanks, dite opération Konrad II des corps de blindés SS, lancée pour disjoindre les divisions de l'Armée rouge, provoqua des raids aériens dantesques. Les sirènes hurlaient, la DCA hongroise dardait des faisceaux de lumière vers les nuages d'encre, le sifflement des obus se mêlait aux explosions qui jetaient des éclairs. Il y eut des moments qui n'appartenaient plus ni à la nuit ni au jour. Ainsi s'écoula toute la semaine dans un vacarme infernal. Sous la menace d'une destruction des entrepôts, Dumitru emmena le 54e de cavalerie à l'abri près de Csömör, sur une prairie au nord de la ville. Il attendit là que l'aviation alliée détruise les réservoirs de pétrole de la Wehrmacht, ravi de voir ses chevaux ruer sans bride dans une herbe touffue qui leur chatouillait les jambes. Malgré cela, une intranquillité inconnue le ramenait en pensée aux fillettes et aux animaux, de sorte qu'à l'occasion d'un repérage en ville, il décida une visite subite, chargea la Jeep avec son chauffeur de cartons de galettes, pommes de terre et biscuits, et de bidons de médicamentation animale. Direction, à travers les rues dévastées, le zoo.

Là-bas, adossée à un muret, Izeta se tenait immobile et droite. Tendue, elle l'était – et cela se remarque tout de suite une gamine raidie –, mais tout aussi calme. Rien ne bougeait sur sa figure bien qu'elle n'arrêtât pas de se répéter qu'il fallait durer, durer. Elle n'aurait su dire pourquoi mais elle le savait. La manière dont elle avait noué son fichu, sa longue jupe en laine, en plus du seau qu'elle tenait devant elle à deux mains, lui donnaient une allure de petite paysanne. Autour d'elle en demi-cercle se tenaient des nervis des Croix-Fléchées, armés de fusils et de couteaux, afin de prévenir sa fuite. À l'évidence ils projetaient de l'emmener vivante, ils n'esquissaient pourtant pas un geste pour la saisir. Il se voyait à leurs gestes nerveux que la peur les retenait, une peur qu'ils ne parvenaient pas à surmonter en abreuvant la fillette d'insultes.

Il faut dire que cinq hyènes se tenaient à quelques pas, du côté de la fillette, imperturbables, le cou tendu vers l'avant, une crête de poils hérissée et frémissante d'agressivité sur le dos, depuis la nuque jusqu'au bout de la queue. Ramiza, la plus puissante, qui portait haut sa tête beige presque rousse, et une robe tachetée de noir, jappait des *whoop* sourds ; Suzana dressait en équerre sa queue touffue sans retenir ses tremblements de colère, Indra claquait des crocs comme les oies claquent du bec. Plus redoutable, elles ricanaient, leur arrière-train relevé à hauteur normale, une fois n'est pas coutume, prêtes à bondir, leurs yeux rivés sur les hommes médusés. Derrière eux, des manchots serrés les uns contre les autres, trop curieux pour avoir peur, jabotaient à mi-voix. Cœur tambourinant dans sa poitrine de petite fille, figée par une tension extrême, Izeta ne bronchait pas ;

elle percevait le désir de meurtre des miliciens, d'expérience elle connaissait bien la haine qui incube dans leurs corps, elle se tenait prête. Sans attendre de signes directs de la part des hyènes qui ne lui en adressaient pas, même si elles continuaient de ricaner, lui était venue la pensée que seule la peur qu'elles inspiraient aux hommes importait. Elle entendait dans leurs ricanements qui se répondaient qu'elles bondiraient au cas où, et elle resta ainsi, la respiration à peine sifflante, pour ne pas risquer un réflexe désespéré et fatal de Sheindel, dissimulée derrière un tas de foin.

C'est à cet instant que Dumitru et son chauffeur firent irruption, bras chargés de cartons qu'ils lâchèrent ; et ils se mirent à hurler des ordres, des appels à la rescousse d'hommes devant être restés à l'arrière. Paniqués par ces cris et par les uniformes de l'Armée rouge, les tueurs, sans un geste de défense, détalèrent derrière des murs ; pas assez vite pour échapper aux rafales de mitraillette. Les deux militaires abattirent les moins rapides avec une rage froide. Aucun ne devait sortir du zoo, ils se précipitèrent derrière les bâtiments pour débusquer et abattre l'un après l'autre les plus dégourdis.

Sheindel sortit de sa cachette. D'abord hésitante, elle sourit à Izeta, qu'elle vit émue, soudain hébétée et elle lui prit la main, et lui montra les hyènes qui sautillaient autour des cadavres, reniflaient chaque corps en se léchant les babines, revenaient vers les premiers, comme si l'élaboration du menu constituait la moitié du plaisir.

— Ces animaux ont un bon sens incroyable, ils pensent déjà au gueuleton, dit Izeta qui piqua un fou rire, lequel, après un flottement, contamina Sheindel et les deux militaires.

Puis Izeta demanda :

— À quoi elles pensaient tout ce temps ?

— Ah..., réfléchit Dumitru, même l'imaginer est impossible. Elles ne pensent pas comme nous.

— Pour ça je voudrais savoir.

Les deux hommes se frottèrent les mains ; l'un attrapant les bras, l'autre les jambes pour qu'ils ne traînent pas trop par terre, ils emportèrent les corps un par un dans le parc, suivis par une cohorte d'animaux curieux ; une escadrille de corbeaux ne tarda pas à prendre position autour, un jeune coyote envoyé en éclaireur leva sa truffe tout excitée avant de s'en retourner ; les deux hommes déposèrent leurs fardeaux sous les arbres.

À la fin, ils se passèrent une flasque de vodka, les deux filles en burent une gorgée. Un clair soleil ne lâchait pas cette matinée. Tous quatre préparèrent des potions pharmaceutiques pour les animaux.

— Vermifuge pour les herbivores, bactéricide pour les carnivores, annonça Dumitru.

— Les porcs-épics ?

— Herbivores.

— Les kangourous ?

— Pareil.

— Et ça ? demanda Izeta en levant un tube.

— Un onguent au panthénol. Pour vous, vos petites mains, je les vois gercées. Les cavalières du régiment l'utilisent contre les écorchures à cause des rênes. Mon chauffeur ne parle pas roumain, il demande si tu es une Sinti.

— Non, Cigani, Tzigane, de Sarajevo.

Le chauffeur dit que là où il habitait de nombreux convois de Sinti venaient chaque année camper quelques semaines. L'an dernier ils avaient tous été assassinés par des voyous encadrés par des nazis, sans qu'il reste un survivant. Le chauffeur s'appelait Kirill, il était kazakh. Il répéta à Dumitru, qui traduisit, qu'Izeta était très courageuse.

Deux minuscules larmes n'atteignirent pas le bas de ses joues. Peut-être fallait-il à Izeta que baisse la tension de ce face-à-face pour qu'elle parvienne à pleurer. Dumitru lui tendit sa flasque, Izeta la vida.

Elle n'est pas née à Sarajevo, mais au bord de la route comme ses frères et sœurs. Son père l'a déclarée à Sarajevo, parce que les familles tziganes déclaraient tous les enfants là-bas lorsqu'ils y revenaient pour l'hiver. D'aussi loin qu'elle se souvienne, ils ont toujours vécu dans trois roulottes de toutes les couleurs et tirées chacune par deux chevaux. Il y avait son père et son oncle Vijay, sa mère et sa tante Leksa, une autre tante qui tressait les paniers et fredonnait des histoires dans une langue que personne ne comprenait, et les enfants. Ils emmenaient deux ours que son père avait acquis dans les montagnes du Maramureş et qu'ils montraient en spectacle. Ils dansaient lorsque Izeta jouait de la petite flûte, cela rapportait de l'argent. Un singe était aussi de la partie, il faisait des cabrioles et chipait ce qu'il pouvait sur les spectateurs, et, pendant une période, comme elle l'a dit, la hyène, jusqu'à ce qu'elle rompe sa laisse et soit lapidée sur une place.

Son père jouait de la flûte lors des mariages et des fêtes. Sa mère accordait les pianos des clients qui venaient la chercher dans les villes où ils s'arrêtaient. Ses tantes brodaient, ensemble elles fumaient une pipe ; son oncle connaissait tous les métiers que Dieu a appris aux Tziganes, comme la chaudronnerie ou le rempaillage. L'été, ils s'embauchaient chez les paysans pour faner l'herbe, les enfants aidaient pour nouer les gerbes ou cueillir des fruits, et le soir c'était bon de manger et faire de la musique dans un pré.

Mais le vrai métier des hommes, après qu'ils avaient assez économisé pendant l'été, était le commerce des chevaux. Ils étaient des Lovàri, la tribu des éleveurs. Les foires aux chevaux se succédaient en automne, une fois les foins et les récoltes rentrés, et l'argent économisé. Chaque fois, ils campaient dans une clairière à l'entrée de la ville de foire. Trois ou quatre jours durant, ils déambulaient entre les rangs de chevaux, l'air de rien, croyaient-ils, parce qu'ils étaient repérés depuis leur arrivée, et ils examinaient les pattes et les garrots et soufflaient sur les naseaux, laissant traîner une main sur le cœur pour le palper d'une caresse experte. C'est d'abord au cœur qu'on apprécie un bon cheval, affirmait le père d'Izeta.

Avec son oncle Vijay, ils pouvaient en acheter vingt ou trente à la foire de Skaryszew en Pologne, la plus renommée, sinon à celle de Iaşi, qu'ils revendaient à Bălţi, à Szeged, Niš, et jusqu'à Ruse au bord du Danube ou plus bas, à la grande foire de Sliven. Partout où ils passaient, les acheteurs voyaient de beaux animaux, ils enchérissaient en confiance. Son père et son oncle aimaient le travail des chevaux, ils ne pouvaient se tromper, ils savaient les guérir de la toux, ou des teignes. Beaucoup de propriétaires bradaient leurs chevaux qu'ils avaient trop battus ou mal nourris. Les deux hommes réussissaient à les renforcer aux jambes, ils les rééduquaient s'ils avaient mal grandi comme ne savent le faire que les Lovàri. Ils rendaient assurance et fierté à ces malchanceux et, plus ils commerçaient, plus ils chantaient, et à la fin tout le monde s'y mettait et buvait. Quand ils les avaient tous vendus, on arrivait aux froids de novembre, et venait le moment de rentrer à Sarajevo attendre la fonte des neiges sur les routes. Izeta s'arrêta de raconter.

Des tirs à l'arme lourde résonnèrent, des rafales crépitèrent, ininterrompues ; attentifs, les deux militaires échangèrent quelques mots.

— On doit y aller. On revient dès qu'on peut. Empêchez les animaux de traîner au parc, rasez les murs pour vous déplacer.

Rien de ce qui s'était passé cette matinée-là ne fut évoqué dans les jours qui suivirent. Une nuit laissa derrière elle un froid glacial et humide qu'un pauvre soleil ne pouvait adoucir. Il en fallait plus pour décourager les lamas qui, gaillards, s'ébrouèrent jusqu'au bassin pour leurs ablutions, donnant ainsi le signal des corvées matinales. Privées de la chaleur animale, les filles se levèrent. Elles savaient ce temps hostile de bon augure, de même que les crépitements très proches d'armes automatiques qui résonnèrent pendant la traite, parce que les combats proches vidaient les environs des nervis susceptibles d'y traîner. Sheindel et Izeta se comprenaient sans mot dire.

À leur retour d'une virée, langue en pendouille, l'arrière-train affaissé de travers, les hyènes gloussèrent leur plaisir d'être là. Alors, la tigreau échappa des mains de Sheindel pour se ruer sur l'une d'elles. Elle se mit à fouiner dans ses mamelles et, à la surprise générale, Suzana, l'élue de la petite boule de poils, se coucha sur le flanc.

— T'avais vu son lait ? demanda Izeta.

— Non.

Et comment la tigreau l'avait repéré, non plus. Pendant plusieurs jours, Suzana ne quitta plus le zoo, suivie en permanence par son nourrisson, tandis que ses quatre consœurs, poils des babines collants de sang, lui rapportaient de chaque sortie une viande prélevée sur les réserves des trottoirs, alternant chevaux, chiens ou gens oubliés. À partir de ce moment, Suzana s'empâta quelque peu, pas de graisse, qui n'avait plus cours au zoo, mais d'un surcroît de chair au niveau des hanches et des côtes, sans que l'intéressée paraisse se vexer des taquineries des filles.

Il était tôt, les filles buvaient du lait chaud. Le bruit des combats, plus sporadique, s'éteignit d'un coup ; elles jetèrent des regards anxieux vers l'entrée du zoo.

— Ce calme…

— C'est le pire.

Leur intuition d'enfants de la guerre ne les trompait pas. Les combats à peine tus – afin de laisser aux divisions de l'Armée rouge et aux divisions allemandes le temps de graisser les chenilles, débloquer les rotations de tourelle, couper les jambes fracassées, huiler les moteurs, retaper les blessés les plus utilisables, colmater les blindages perforés, et happer quelques heures de sommeil dans leurs casernes, le temps aussi de subir les foudres de Berlin et de Moscou – les brigades de Croix-Fléchées en profitaient pour se ruer dans les rues. Les miliciens ébranlés par la vulnérabilité de la Wehrmacht, déjà toxicomanes au meurtre, partirent pour la journée à l'assaut des boutiques juives avant qu'il ne soit trop tard ; et des appartements repérés des intellectuels et des exilés. Ils fouillaient les caves, en remontaient des fugitifs ankylosés. Ils grimpaient les étages, transpiraient l'alcool qu'ils buvaient. Tiroirs renversés, tableaux décrochés, ils remplissaient les sacs ; s'ils tombaient sur quelqu'un dans l'appartement, ils évitaient de perdre du temps à le maîtriser, sauf à l'occasion pour violer une femme. Rares étaient les voisins qui pouvaient les tempérer ; sur les trottoirs, il ne manquait pas de passants outrés devant les butins, et choqués à la vue des corps qui chutaient par les fenêtres. S'ils s'interposaient ils étaient embarqués ou battus, les autres reprenaient leur chemin.

La lumière du jour déclina, une attaque aérienne tonitruante interrompit tueries et pillages. De lourds bombardiers volèrent au ras des toits. Sans égard pour la DCA hongroise, ils passèrent au-dessus du zoo, et répartirent leur chapelet de bombes sur Buda et sur Pest. Dans le tumulte des explosions, Izeta et Sheindel se détendirent, les manchots espiègles batifolaient dans le bassin, comme des baigneurs dans la mer sous les éclairs d'un bel orage. Au même moment, à la suite des yaks, les antilopes, les okapis et les rennes revinrent du parc, contents de leur journée. La nuit tarda, repoussée par les rougeoiements d'incendies. Dans le ciel, un vol de sternes blanches, attirées depuis le lointain par la verdure du parc ou ses émanations de chlorophylle, tournoya en spirale avant de s'engouffrer dans la volière. Imitées par une nuée d'étourneaux et des oiseaux plus solitaires. Les deux filles les laissèrent arranger leurs affaires.

Le zoo se glissait dans les ténèbres paisibles. Les avions s'étaient envolés, les coyotes étaient partis en ville pour le premier service. Dans leur stalle, les lamas bruissaient de leurs habituels gargouillis intestinaux, soupirs et mâchonnements ; leurs sabots en effleurant le sol à travers l'épaisseur de la paille berçaient les rêves des filles jusqu'à ce qu'un bruit léger, entre le sautillement et le frottement, se rapproche. Sheindel tapota l'épaule d'Izeta.

— Y a quelqu'un ?

— Trop léger. Des rats ?

— Manquait plus qu'eux.

Sheindel se traîna jusqu'à la lampe à pétrole. Les filles rirent de bon cœur à la vue d'une tribu de lapins au travail dans un tas de paille, entourée de minuscules lapereaux, leurs oreilles encore collées, qui se disputaient les places au chaud.

— Faites quand même gaffe, les lapinos, y a des coyotes gourmands au milieu de la nuit.

— Même des chats. Tu as vu tous ces chats, ça n'arrête pas, ils viennent se protéger ici. Ça m'embête qu'ils tournent autour de la volière…

— T'inquiète pas, ils sont comme les autres, ils préfèrent la viande découpée par les obus, sauter dans les airs, ça fatigue.

Il se fit un long silence, que rompit Sheindel :

— Je songeais au camp. Celui où tu étais…

— C'était Jasenovac.

— Là-bas, tu as vu beaucoup de morts ?

— Ceux qui n'avaient pas de couverture mouraient à cause du froid de la nuit. Les petits enfants et ceux qui attrapaient des maladies et ne tenaient plus assez de forces. On mangeait ce qu'on trouvait à mâcher en plus de rations, les ordures, la laine, des feuilles d'arbres. C'était presque rien, mais si tu ne trouvais rien, tu mourais ventre gonflé. Au lever, on devait signaler du doigt ceux qui ne bougeaient plus. Pas un matin je ne me suis réveillée là-bas sans mort à côté. Le soir, je revenais de la digue, ils étaient emportés.

— Ils avaient les yeux ouverts, aussi ?

— J'ai appris à les fermer, je l'ai vu faire, pas toi ? Souvent, ils s'ouvraient à nouveau, la bouche, les yeux. Chez nous, les yeux fermés des morts, c'est très important. Pas chez vous ?

— Je ne crois pas.

— On dit que si l'œil d'un mort s'ouvre, ça permet à la mort de choisir une autre personne dans la chambre. Pour ça on pose des pièces dessus avant l'enterrement. Tu ris ?

— Non. Chez ma grand-mère paternelle, j'ai vu comme toi beaucoup de morts.

— Tes parents ?

— Non, ils avaient été emmenés dans des autobus. On me l'a dit. C'est quand les militaires sont venus tuer ma grand-mère que je les ai vus. Je me suis échappée, j'ai couru par-dessus les morts. Devant la maison il y en avait d'autres, dans la rue, devant tous les jardins, tout le long jusque dans la forêt.

— Ta grand-mère s'appelait comment ?

— Beylike.

— Elle faisait quoi ?

Elle possédait une ferme près de Sighetu Marmaţiei, en lisière de forêt, où Sheindel passait les vacances, à soigner les bêtes pendant que les adultes se rendaient aux champs. Elle devait garder les vaches dans le pré, puis au retour broyer les topinambours de la pâtée des moutons et mettre le veau sous la mère, le soir et tôt le matin. La traite, pas souvent.

— Pas de lapins ?

— De toutes les couleurs, beaucoup de gris et blanc. Mon chouchou était noir à taches blanches, son nez me faisait rire. Je déposais les épluchures en bordure du jardin, ils sortaient du bois au coucher du soleil. Ils se régalaient, ils me remerciaient en frétillant du nez. Ils ne se gênaient pas pour creuser sous la haie et grignoter en plus dans le potager. Et ta grand-mère à toi ?

— Ma grand-mère savait le tissage, la médecine, les cérémonies, elle a tout appris à ma mère. Ilmiya, elle s'appelait. Ma mère, Fana.

Elles se sentirent soudain très fatiguées et se recroquevillèrent sous leurs couvertures, inquiètes du silence.

Une semaine passa, la suivante s'annonçait identique ; c'était sans compter la surprise du jour. Elle arriva en fin de matinée, en la personne d'une orang-outan rouquine, très rousse pour être exact, sans doute plus toute jeune. Elle s'avança en petits bonds malaisés parce qu'elle portait, calé sur sa hanche, un petit tout hirsute. Elle s'arrêta deux pas devant les filles et se tint accroupie, puis se caressa le menton du bout des doigts. De longs cheveux d'un roux si vif qu'il aurait paru osé si l'on avait soupçonné une teinture tombaient sur son front. Son regard exprimait autant de malice que d'entêtement. De ses lèvres très rondes et de son nez minuscule elle s'essaya en grimaces pour détendre les filles, toutefois on ne pouvait pas ne pas remarquer son immense désarroi, et les traces d'une probable panique. Son petit paraissait plus âgé qu'elle. Des rouflaquettes très XIXe siècle recouvraient ses joues creuses. Son nez fripé s'accordait avec son crâne, que l'on aurait qualifié de chauve si une houppe de cheveux ne s'était dressée à l'arrière. Il dardait ses yeux ronds comme des billes sur ceux des filles. La mère aussi les examinait, afin de saisir leurs intentions. On échangea des sourires intimidés. La mère vint vers elles en deux bonds énergiques et, aussi incroyable que cela puisse paraître, leur tendit un paquet qu'elle tenait dans la main.

— Des biscuits. Wouuh ! À la cannelle, je n'y crois pas !

— Merci, merci. Quel est ton nom ? Et ton petit ?

— Il est trop mimi. Il est malade, ça se voit. Elle a peur de ça, tu ne crois pas ?

À l'évidence familière des lieux, qu'elle avait dû fuir durant l'été, la maman se dirigea vers l'ancien Pavillon de l'Asie du Sud-Est pour installer son petit au chaud. Les filles déballèrent des fruits d'un carton de l'Armée rouge. La dame orang-outan tria les plus mûrs et, de ses doigts ou du bout de lèvres, les éplucha pour son rejeton.

— Mama. On va l'appeler Mama.

— D'où viens-tu, Mama ?

Ses traits exténués reflétaient des temps difficiles ; et plus encore la torpeur sur le visage du petit. Les filles s'inquiétèrent de ses frissons de fièvre. Ses doigts trop faibles ne parvenaient pas à s'accrocher aux poils de sa mère, c'est pourquoi elle le coinçait sur une hanche. Voyant les mamelles plates de la mère, les filles coururent chez les rennes, pour une traite exceptionnelle, dont le lait fut tiédi dans une casserole. Izeta assit le petit sur ses genoux, Sheindel lui fourra la tétine dans la bouche. Accroupie devant elles, son poing à moitié mordu dans la bouche, l'autre main en suspens dans l'air prête à intervenir, Mama surveillait la scène. Quelques gorgées plus tard, le petit rota, puis arrondit ses lèvres en un *oh* de contentement. Mama battit des mains, et elle fut si soulagée qu'elle exécuta des bonds allègres et hissa le petit en haut d'un poteau, jusqu'à une sorte de mezzanine en planches.

— À demain, Mama.

Izeta et Sheindel tirèrent la porte en sortant.

Elles se dirent alors que le calme, tombé sans qu'elles s'en rendent compte, dissimulait une menace inconnue, et elles se rendirent au parc pour jeter un œil sur les cornues, comme les appelait Dumitru, car elles les savaient candides et proies faciles pour des rôdeurs. Mais celles-ci folâtraient comme si de rien n'était ; deux jeunes daguets s'essayaient en un combat de mecs, un impala gourmand se dressait, les pattes avant en appui sur le tronc, pour arracher de ses lèvres délicates les feuilles d'un platane. Elles s'amusèrent de la manière dont un oryx insistait, aussi puissant que fier de ses interminables cornes effilées, auprès d'une gazelle d'Oman, maigrichonne, pas dénuée de charme.

— Faute de merlette, on se contente d'une grive, dit Sheindel.

— M'étonnerait qu'il réussisse à se caler dessus, les sabots glissent sur ce gel, ça va ressortir.

— Il faudrait fourrer son machin dans son truc à elle avec les mains.

— Lui fourrer le machin ? rigola Izeta.

— Des fois, ils faisaient ça chez ma grand-mère si la vache gigotait trop sous le taureau, mais faut être deux ou trois adultes forts.

— Dis donc. Minos, par contre...

Izeta montrait un yak barbu, si poilu que la fourrure balayait le sol. Le toupet de longs cheveux blonds emmêlés qui lui recouvrait les yeux accentuait ses traits juvéniles. Il était parvenu à grimper sur une gazelle du Nefoud, semble-t-il séduite par la chaleur laineuse de son conquérant.

Un bruit de moteur perça le silence, elles tapèrent dans leurs mains pour rentrer la tigreau qui jouait avec une balle.

— Y a quelqu'un ?

La crasse dessinait un masque charbonneux sur les visages de Dumitru et de son chauffeur.

— *Vas makhstu ?* demanda Dumitru, plein d'entrain. *Ikh gebrakht Shokolad.*

— Tu parles yiddish ? s'étonna Sheindel.

— La plupart des clients de mon père étaient juifs, lui dit-il.

— Il vendait quoi ?

Son père possédait une affaire de carrioles attelées, à un cheval pour le transport de grain, à plusieurs chevaux pour le commerce au loin. Comme les Juifs ne pouvaient posséder de bétail, ils les louaient pour s'approvisionner en marchandises dans les ports, à Constanţa, Varna, plus loin même, jusqu'à Thessalonique. Une caravane pouvait dépasser trente attelages. À Bălţi...

— À Bălţi ? intervint Izeta.

— Tu connais ? demanda Dumitru.

— On y allait tous les ans. On ne pouvait pas manquer ça. Mon père vendait des chevaux à la foire.

— Eh bien mon père achetait les chevaux de ton père. Je les soignais avec ma mère. C'est elle qui a voulu que je devienne vétérinaire.

— Et maintenant ? demanda Izeta.

— Les militaires roumains ont fusillé mon père pendant l'occupation, ils ont volé les chevaux. Je me suis enfui. Ma mère, je ne sais pas. Et vos parents ?

Izeta haussa les épaules, Sheindel lui caressa le bras et dit :

— Nous, on ne sait pas. Peut-être plus du tout personne.

Mama apparut sur le bord de sa mezzanine, elle se montra suspicieuse au son d'une voix masculine et descendit seule. Après avoir froncé les yeux sur les uniformes, elle remonta chercher son petit. Dumitru ausculta ses pupilles et tâta son ventre.

— De la fièvre. On sent un ballonnement, un spasme. Bravo pour le biberon, toujours bien tiède, le lait, et vous ajouterez de la levure, j'en ai apporté.

Une déferlante de zincs les interrompit un long moment.

— On est venus en camionnette. On ne pourrait pas évacuer les phoques ? demanda Dumitru.

— Ça va faire triste aux castors, objecta Izeta. On ne peut pas les emmener ensemble ?

— On essaie.

Attraper les castors s'avéra plus laborieux que prévu, des sacs en jute furent nécessaires pour les piéger. Les phoques à l'inverse furent des modèles de docilité, mais leur peau glissante de graisse obligea à s'y prendre à quatre pour les saisir chacun en enroulant les bras autour de leur corps. La scène attira les manchots, attentifs, leur chef surtout.

— Eh, Melchior, vous avez peur de rester seuls ? lui demanda Izeta.

À sa mine fermée, il apparut aux quatre qu'on ne pouvait les abandonner dans le bassin vide, il leur fut proposé de suivre à pied. Si des gens du quartier s'étaient aventurés dans la rue Aréna qui descend vers les quais, ils auraient croisé en tête du cortège une camionnette de l'Armée rouge toussotant au ralenti, où pointaient sur le siège du passager des frimousses de phoques, et derrière, une section de manchots clopin-clopant, qu'encourageaient, tout en épiant les parages, deux gamines et un militaire.

La voiture se gara entre deux grues affaissées, là où aucune épave de péniche ne gênait l'accès à l'eau. Les manchots la testèrent du bec. L'odeur croupie sur ses bords les retenait. Le plus hardi plongea dans les flots en un mouvement fluide sans écume, il réapparut pour onduler et, d'un gracieux geste du cou, encouragea ses compagnons à l'imiter. Les castors, ulcérés, se ruèrent dans l'eau. On devinait au sillage laissé par leurs pattes palmées qu'ils ne pourraient suivre les manchots, et qu'ils s'arrêteraient dès qu'ils rencontreraient sur une rive des arbres à ouvrager. Et les phoques ? *Et un, et deux, et trois*, ils furent balancés sans atermoiement. Ils se retournèrent vers leurs accompagnateurs pour les saluer d'une joyeuse virevolte dans les airs.

Le chant d'un bataillon allemand retentit, on devina les silhouettes le long de l'autre rive, Dumitru donna le signal de la dispersion. La camionnette s'évanouit, tous feux éteints. Au zoo, les filles s'approchèrent d'une série d'ombres glissantes sur l'eau du bassin à peine libérée par ses anciens pensionnaires, et elles saluèrent les nouveaux venus, des oies, des sarcelles et des cygnes à la recherche de leurs marques.

Les matins survenaient dans un brouillard glacial d'où parvenaient les gémissements étouffés de cormorans. Quand les filles émergeaient de leur paille, Mama, levée avant l'aube comme tous les animaux de la forêt, attendait dehors les deux lève-tard. Dès qu'elle cessait d'entendre le jet du lait contre le seau, elle amenait son petit pour qu'il profite du premier biberon, avant qu'il n'aille jouer avec la petite tigresse et un faon.

— Et si on le baptisait ? suggéra Izeta.

— Ta religion ? demanda Sheindel à Mama. De quel pays vous êtes ?

Mama fit une grimace.

Izeta spécifia qu'il faudrait trouver une bougie si elles optaient pour un baptême tzigane, Sheindel stipula la nécessité de connaître le sexe du petit si elles choisissaient une cérémonie juive.

— Comment savoir ? Tu le trouves, toi ? Si minuscule au milieu de tous ces poils.

— On demandera à Dumitru.

— Et le nom ?

— Zéphir, comme dans Babar.

— C'est qui ?

— Babar, le roi des éléphants. Zéphir le singe, le copain de ses enfants. Mon père nous lisait les aventures de Babar en allemand. Et la tigreau ?

— Sara, comme la sainte des Tziganes. Tu as lu tous les livres ? Tu dois m'apprendre à lire.

— Je n'oublie pas.

Mama les écoutait. De temps à autre elle se voilait la face de la main pour leur découvrir une nouvelle mimique, elle aimait faire rire les filles. En fin d'après-midi, elle disparaissait par un trou dans la grille et s'éloignait dans la rue en bonds décidés. De ces virées qui s'achevaient à l'heure de la traite du soir, elle ramenait ce que pouvaient porter ses bras, des fruits et des légumes, elle appréciait aussi les objets brillants ou doux et rapportait des jouets, des bibelots, des écharpes en soie ou des pulls chics pour les filles. Ce soir-là, bras tendu, elle ouvrit la main sur un collier de perles. La figure de Sheindel s'irradia d'un sourire, Izeta se mit à danser. Mama agita la main, les deux filles fixèrent le collier autour de leur cou à tour de rôle.

— Tu es un amour, Mama. C'est pour le baptême de ton petit ?

Mama, intimidée, se frotta le nez avant de sourire en grand. Sheindel lui déposa un baiser sur le front. Izeta lui ouvrit ses bras, et l'élan de Mama la renversa par terre.

— Demain, on la suit.

— Sans qu'elle s'en aperçoive.

Le jour tombait lorsque Mama franchit le trou dans la grille, elle tendit l'oreille avant de clopiner en direction de la ville. À cinquante mètres de distance, Izeta et Sheindel tentèrent de lui emboîter le pas dans l'avenue Andrássy. Trop agile malgré sa taille basse, bondissant à droite à gauche à chaque carrefour afin de ne pas rester en point de mire, Mama s'éclipsa dans les petites rues obscures. Pas découragées, Izeta et Sheindel pénétrèrent dans le quartier Terézvàros. Partout des éboulis à escalader, main dans la main pour tenir en équilibre sur des pans de plâtre qui se brisaient sous leurs pieds, ou franchir des châssis de fenêtre brisés, et se faufiler entre des tuyaux de canalisations explosées. De tous côtés flottaient en surface des photos de famille et des images trop légères pour se dissoudre dans les gravats. Éboulis et déchets dégageaient des odeurs fétides. Il fallait éviter les cadavres. Se boucher les narines pour ne pas être infiltrées par des miasmes de la mort. Depuis leur dernière sortie, des trombes d'obus avaient arraché les murs d'immeubles. Les câbles pendaient, pas de lumière, ni aux fenêtres ni aux lampadaires, sauf l'éclairage furtif de torches électriques. Ici des bougies signalaient une infirmerie de fortune, là une lampe à pétrole diffusait une lueur vacillante dans une cour où l'on distinguait souvent une personne solitaire, ou quelques voisins, le plus souvent âgés, assis à rêvasser sur des fauteuils.

Si des yeux s'attardaient sur les deux filles, elles accéléraient ; si la chaussée présentait une portion intacte, elles cavalaient comme des fugueuses. Izeta désigna une façade, Sheindel approuva. Elles grimpèrent l'escalier couvert de plâtras, testèrent les poignées sur chaque palier. Une porte s'ouvrit, elles sursautèrent aux miaulements rauques de chats aussi paniqués qu'affamés qui s'échappèrent. Le froid s'engouffrait par les fenêtres brisées du salon, les portes battaient, elles commencèrent à fouiller des placards à moitié vides. Les livres d'une bibliothèque jonchaient le sol. Sheindel s'assit.

— Tu vas lire ? demanda Izeta.

Des cris retentirent dans l'escalier :

— Ici, la porte ouverte.

Les deux filles se précipitèrent dehors. Des Croix-Fléchées apparurent dans l'escalier, un revolver à la main, suivis un palier plus bas de badauds. Izeta poussa un hurlement suraigu ; elles se jetèrent entre les hommes et la rampe, dévalèrent les marches. En bas, la concierge tendit le doigt vers une porte sous l'escalier, puis se mit en travers du passage pour indiquer la rue aux miliciens, comme au cinéma.

Le sol de la cave était recouvert par des matelas, des édredons et des vêtements pêle-mêle ; des tricots en cours et une clarinette attendaient le prochain bombardement. Ça puait la chaussette sale, pas assez cependant pour couper l'appétit des filles quand elles mirent la main sur une brioche.

— Qu'est-ce qui t'a pris de hurler dans l'escalier ? demanda Sheindel.

— Je voulais faire pareil que les hyènes, répondit Izeta.

— Mais les hyènes rient ! N'empêche que t'as gagné.

Main dans la main, elles attendirent, et quand d'en haut ne parvint que le silence, et après que Sheindel eut attrapé une paire de moufles sur un matelas et Izeta ramassé des bougies, elles gravirent l'escalier.

Près de la porte, la concierge les attendait, un sac de provisions à la main :

— Faites attention à vos frimousses. Toi surtout, ton teint noisette, on le remarque de loin.

Des branchages arrachés par un obus jonchaient la rue. Elles entendirent les avions au-dessus de leurs têtes, et s'éloignèrent d'un pas rapide. La marche apaisa leurs émotions.

— On va où ? demanda Izeta.

— Viens, je reconnais. J'ai une idée.

À présent, plus une lueur, aucun bruit dans les rues. Une désertion totale que troubla à un carrefour une troupe de chiens emmenée au trot par un athlétique bâtard au long museau. Il lorgna les filles et pencha la tête, perplexe ; elles lui firent un signe de la main, et se remirent à courir. Sheindel ralentit près d'une bâtisse en briques claires, grêlée par les balles. Autour, sur les trottoirs et sur le parvis, on distinguait les silhouettes sombres de cadavres endormis. Un couple reposait épaule contre épaule. La dame était encore coiffée de son fichu fleuri noué sur le devant, le chapeau du monsieur avait disparu, il ne portait qu'un costume, plus de manteau, ni de chaussures, les pieds déjà ensanglantés. Sheindel s'approcha pour se pencher sur leurs visages somnolents, elle écarta une mèche de cheveux qui tombait sur la paupière de la dame.

— *Meyn Gat, meyn Gat ! Vas it geshen ?*

— Le masque de la mort. On n'a pas peur, d'accord. D'accord ? Mais on est où ? demanda Izeta derrière elle.

— Dans une synagogue.

— Tu vas prier ?

— Viens.

Un coup d'œil alentour et elles entrèrent par une brèche, faillirent trébucher sur des corps abandonnés dans la nef. Izeta se dirigea vers le fond pour s'arrêter devant un grand chandelier. Elle murmura, mains jointes, se signa et se retourna vers Sheindel qui la regardait en souriant avec une lueur de gaieté. Des années plus tard, après avoir longtemps pensé qu'Izeta pratiquait ces prières pour préserver un fil avec ce en quoi les siens croyaient avant leur extermination, ou pour prendre le relais d'une relation avec Dieu qu'elle seule désormais pouvait entretenir en leur nom, Sheindel comprendrait, un jour où elle-même se remettrait à prier malgré ses doutes, qu'en réalité Izeta tissait à l'époque un fil tout nouveau et très personnel, assez étranger à la religion. Toutes deux poussèrent la lourde porte, elle donnait sur une vaste salle meublée d'une longue table, que Sheindel caressa sur tout son pourtour. Une odeur de cendres humides émanait des livres brûlés. À quatre pattes, Sheindel se mit à prospecter en examinant les ouvrages pour en choisir un qu'elle enfouit dans le sac.

— Écrit en roumain, dit-elle. Ce sont des histoires comme dans la Bible. Tu veux toujours apprendre à lire ?

— Oui, oui, on y va, c'est glaçant.

De retour dans le parc, au coucher du soleil, les filles s'immobilisèrent, saisies d'un même pressentiment. Sur la pelouse, les ombres des antilopes et des daims se tenaient figées dans le froid, comme statufiées par une force silencieuse. Les animaux tournèrent la tête vers elles. Une oryx vint en bonds craintifs leur présenter son museau, l'échine parcourue de tremblements.

— C'est quoi ? demanda Izeta.

Ce furent des jappements hargneux en provenance du zoo. Sans penser au danger dans la nuit, elles coururent à la grille, se précipitèrent par le trou et foncèrent droit sur un attroupement. Dos au mur d'un bâtiment, les kangourous formaient un rempart arrondi autour d'un faon, ils sautillaient et moulinaient de leurs poings pour le protéger d'un groupe de coyotes qui rampaient en piaulant de fureur, prêts à bondir. Le plus échauffé était le plus gringalet, les gencives rétractées et sanguines, la queue brune frénétique. À son signal, les autres avançaient, puis reculaient rapido dès que les kangourous, se sentant acculés, bondissaient les deux poings en avant, derrière Octavian, un géant roux.

Elles se précipitèrent dans la grange au foin, d'où elles ressortirent armées de fourches.

— Bande de salopards, salauds, salauds !

Les coyotes se dérobèrent en bonds désordonnés dans l'obscurité avec de petits glapissements ridicules, le museau baissé, la queue entre les jambes.

— Connards, vous ne pouvez pas aller bouffer dehors ? Il n'y a que des cadavres sur les trottoirs ! Même les parvis…

L'agression des coyotes avait attiré des badauds, au premier rang desquels des vautours, ailes déployées jusqu'à terre. Des singes colobes se trémoussaient sur une branche ; un loup couturé de cicatrices, qui se faisait rare depuis quelque temps, ne cessait de glousser. Un couple de pangolins s'avança avec précaution, comme s'ils craignaient que le froufroutement des écailles de leurs carapaces n'attire l'attention, pour glisser leurs museaux curieux entre de plantureuses marmottes et ne rien rater. Que les pangolins ne puissent pas cette fois faire rire les fillettes disait bien leur fureur.

Sheindel s'avança vers les hyènes qui ne perdaient rien de la scène, couchées, leur menton sur leurs pattes de devant, la langue de côté. Elles dévisagèrent Sheindel avec un drôle d'air, blasé ou facétieux. Ramiza leva sa tête beige-roux pour lancer deux *whoop*.

— Elles leur auraient mis la raclée, assura Izeta. Ne t'énerve plus.

— Qu'est-ce qui leur a pris, à ces cons ?

— Ils ont dû aller en ville, voir ces tueries dans les rues, ça choque ; la guerre ça rend dingue. Viens. On va chercher les cornues, le vent est glacial.

À leur retour, Mama les attendait en dressant avec ses doigts la houppe de Zéphir. Sheindel partit chercher la boîte des biberons. Tout alla de travers pendant la séance d'allaitement, les filles renversèrent le bidon d'huile de foie de morue qu'elles partageaient avec les petits qui pourtant se montraient disciplinés. La stalle des lamas bruissait de mâchonnements lorsqu'elles avancèrent sur la pointe des pieds dans le foin. Un couple s'écarta pour les accueillir. Ils s'appelaient Flor et Diego et appréciaient leurs deux jeunes filles au pair. Sans ôter leur manteau les deux filles se glissèrent au chaud, Izeta se mit à pleurer.

— Tu as du chagrin ?

— Non, trop fatiguée. Trop, trop. On est petites quand même.

Le sommeil ne les emporta qu'un temps. Quand Izeta se réveilla, elle sentit que Sheindel l'observait, elle lui prit la main.

Une nouvelle neige tomba sans prévenir dans la nuit. Ce n'étaient pas des flocons glacés et secs que les coups de vent fouettent sur la figure et qui masquent les plaques de verglas mais une neige pâteuse qui, sans perdre de temps à tourbillonner, drapa le zoo de silence. C'est l'intensité de ce silence qui réveilla les filles dans la stalle désertée. Elles n'avaient pas assez dormi, mais à cet âge on n'y pense pas ; dehors, elles retrouvèrent les lamas, naseaux dilatés vers le ciel, humant les flocons en connaisseurs. Il sautait aux yeux, à l'inverse, que les hyènes, assises sur le pas de leur porte, considéraient chaque flocon comme une salissure sur leur pelage tacheté et s'ébrouaient en coups de reins excédés. Leur tigreau jouait, elle zigzaguait pour attraper des flocons comme on chasse les papillons ; elle glapissait de bonheur en compagnie de son copain Zéphir qui tentait de comprendre pourquoi la neige se dissolvait dès qu'il la serrait dans ses doigts. Sheindel lui prit les mains et l'entraîna dans une polka, Izeta les rejoignit, Mama sautillait autour d'eux. Les coyotes revinrent d'une virée nocturne, Izeta les bombarda de boules de neige :

— Ha, ha, mes salopards !

Les coyotes la toisèrent, esquivèrent les boules et le gringalet malicieux tourna le dos aux filles en trémoussant ses fesses. Voilà pourquoi j'ai été si heureuse alors que je n'aurais pas dû l'être, se dirait Sheindel, longtemps après.

Des stridulations déchirèrent le ciel, des avions passèrent en vagues, très bas – pas aussi bien alignés que les oies, commenta Izeta. C'est au moment où le silence revint que Minos décida de lever le camp. On n'aurait pu dire avec certitude que le tapis de neige qui s'épaississait à vue d'œil réveillait une nostalgie anesthésiée par la captivité, toujours est-il que le yak zigzagua autour des bassins plusieurs fois, puis, sans crier gare, franchit le portique accompagné de sa compagne musquée, et suivi par des gazelles d'Arabie. Un œil à droite, à gauche, ils partirent au trot. Derrière eux s'élancèrent les koudous, les gnous et les oryx aux cornes effilées, toutes les antilopes voltigèrent en ruades lestes. Elles marquèrent un temps d'arrêt pour observer les deux filles, immobiles, sans que personne sût comment réagir, sauf l'impala qui s'avança vers elles pour faire admirer une dernière fois les trois traits noirs de ses fesses, puis enfouir ses naseaux humides dans leurs mains – un geste superstitieux du matin, avait dit Izeta – qu'elle tint à renouveler une dernière fois.

— Toi, Sidonija, j'espère que tu trouveras ton prince charmant. Avec tes jolies miches rondes, il sera content. Au revoir, on vous aime, dit Sheindel, pendant qu'elles franchissaient le portique. Bon voyage ! Ça fait si longtemps… C'est si loin, chez vous…

— La neige recouvre tout, elles s'en vont comme sur du sable. Elles vont où ?

— Je ne sais pas. Toi, tu sais où aller ?

— Faudrait d'abord savoir quand.

Les flocons imperturbables blanchissaient le zoo, ils recouvrirent dans l'enclos l'odeur puissante que laissent d'habitude les herbivores derrière eux. Le brouillard assourdit le vol de nouveaux bombardiers. Des intrus apparurent à l'entrée, enhardis par le calme ou la faim, mis en fuite à coups de crocs. Mama, inquiète, siffla la fin de la récréation et monta son petit sur sa planche.

— C'est pas tout ça, dit Sheindel en sautant de son muret.

Les deux filles se dirigèrent vers l'enclos des rennes, un seau sous le bras.

— Tu es triste ? à cause des gazelles ? demanda Izeta.

— Elles n'étaient pas bavardes, mais leur douceur me faisait du bien.

— Aucune mauvaise pensée, de la naïveté pure dans le cœur. Ce vide, ça va être terrible. Les rennes vont suivre ?

— Ils habitent dans le Nord. La neige, ils savent.

— Ils savent quoi ?

— S'il neige, on reste au chaud, c'est ma grand-mère qui le dit.

Est-ce le redoux neigeux qui inspira aux états-majors l'idée d'offensives dantesques ? En tout cas ce matin-là tous les bataillons furent mis en alerte pour un assaut imminent. Dumitru dut suspendre ses visites au zoo, accaparé par un épuisant travail d'attelage afin de suppléer aux pénuries de gasoil. Le jour, les charrettes et les carrioles allaient à la gare de Cegléd réceptionner des troupes qui débarquaient en chantant des airs slaves. La nuit, convoyage de vivres et munitions, roulage de canons. Il fallait parfois des attelages de six ou huit chevaux capables de tirer des plates-formes de tanks trop soiffards pour rouler sur une longue distance. Dans les rues barrées de sacs de sable ou de carcasses de bus, le 54e régiment engageait ses chevaux pour emmener des tireurs d'élite à leurs postes. Les hommes et les bêtes s'activaient en quarts, inspirés des équipages navals. Vingt-quatre heures sur vingt-quatre, les Kabardin bataillaient contre la neige, le poitrail blanchi par une écume de sueur ; ils subissaient avec leurs cavaliers l'humiliation des harnais et du crissement des remorques, et partageaient leur excitation ; eux aussi percevaient dans les bourrasques de neige une effervescence meurtrière chez l'ennemi en train d'aligner ses divisions de chars dans les rues, d'entreposer les roquettes dans les ruines, d'aplanir des pistes d'atterrissage dans les parcs des châteaux.

Deux jours s'écoulèrent, blancs de neige. On peut noter ici un incident dont le souvenir ferait tressaillir Dumitru jusqu'à la fin de sa vie ou presque. C'était l'après-midi, le long des quais évanouis sous les flocons tourbillonnants les hommes du 54e régiment somnolaient, confiants en leurs montures au petit trot. Qu'est-ce que c'est là-bas ? Dumitru sursauta en apercevant au milieu du fleuve un troupeau sous un camouflage blanc, immobile sur l'île Margit comme sur une vaste barge encalminée en Antarctique. À travers les flocons, il distingua des gnous barbus, des oryx et des addax, il fut certain de reconnaître Sidonija, et aussi des springboks dont les têtes blanches s'effaçaient sous la neige… Frères et sœurs, ils se serraient à l'abri d'un rempart de laine épaisse formé par un rang de yaks – une coutume himalayenne, pensa Dumitru à la vue de Minos –, et ils arrachaient des brins d'herbe à l'étendue de neige à petits coups de sabots. Pourquoi ces cornues se sont-elles enfuies ? Un bombardement ? Des miliciens ont-ils envahi le zoo ? Les questions se bousculèrent dans sa tête. Et les fillettes ? Perdues dans la tempête de neige ? Attrapées ? Il ne pouvait savoir qu'un peu plus tôt, à l'initiative du chevelu Minos, le troupeau était parti du zoo le long du Danube dans une purée de grésil, et que sur le quai, aveuglé, il s'était fourvoyé sur le pont qui menait à l'île Margit.

Le bruit d'une mitrailleuse relança les chevaux au galop, les hommes enfoncèrent leurs chapkas sur leurs têtes et obliquèrent dans la rue du zoo.

Une nuit, la dernière de janvier, les flocons s'évanouirent, les nuages n'insistèrent pas, la voûte céleste étendit un magnifique bleu sombre, typique de cette plaine d'Europe centrale, jusqu'à ce que le premier soleil la relègue derrière ses lueurs roses. Le froid polaire pétrifia de givre le paysage. Le sol trembla de formidables détonations, l'air résonna sous la violence ; tous les réservoirs de gasoil de la ville s'embrasèrent autour du port fluvial de Csepel. Une mer de flammes rouge et jaune se répandit, si haute qu'on pouvait la voir en grimpant sur des chaises ; d'épaisses volutes noircirent le ciel, qui plurent ensuite en particules puantes.

On peut imaginer que cet incendie fut le déclic de l'opération Konrad III. Les chars des divisions SS

Totenkopf et Viking assaillirent dans un cliquetis infernal les lignes soviétiques, suivis des engins du 4e corps de blindés SS et, derrière eux, les divisions d'infanterie allemandes et hongroises. Les unités de l'Armée rouge ripostèrent sans reculer plus que le demi-mètre de décrochage provoqué par chaque tir de canon. Une fureur s'empara des combattants saoulés d'obus, on vit des tanks qui en étaient à court se foncer dessus pour se fracasser les uns sur les autres, on tua au couteau pour conquérir un porche, on mourut pour un escalier. Personne ne se voyait plus en héros, on tuait pour ne pas être tué ou plus souvent pour surmonter sa peur de l'être. Aucun Budapestois ne risqua un pied dehors, sauf les Budapestoises les plus téméraires pour remplir des bidons d'eau aux canalisations. Les gens attendaient dans les caves, on pouvait en voir assis sur une couverture autour d'une partie de cartes dans les tunnels ; les plus superstitieux cherchaient une église, s'ils étaient surpris, ils se réfugiaient dans des entrepôts ; s'ils ne pouvaient se séparer de leurs livres ou de leurs meubles, ils se dissimulaient avec eux, ou les emportaient à l'abri dans des grottes au pied du palais de Budavár.

Dans les rues couvertes d'éboulis mêlés de tuyauteries et de poutres brisées, sans répit résonnaient les mitraillettes, PPS 43 soviétiques contre MP 40 allemandes. Parfois un carrefour résistait, il cédait, il était repris, pour rien, c'était trop tard. À voir la superficie de la ville, ça ne pouvait finir. Les hommes ne voyaient que devant eux. Les cheveux gras de crasse, l'haleine poisseuse d'alcool, ils tuaient étage par étage, dans les ruines, jusqu'à se courser dans les égouts. Parfois des combattants ou des voisins évacuaient un blessé comme ils pouvaient. Les morts étaient abandonnés, en uniforme ou en chemise de nuit, tous vieillis par le gris de la poussière qui recouvrait les visages et ternissait les cheveux. Des cadavres récents, surtout de chevaux, ventres déjà gonflés, naseaux encore dégoulinants de sang, se mêlaient aux anciens. Des milliers d'oiseaux gisaient parmi eux, cœurs soufflés par les explosions ou poumons intoxiqués par les fumées âcres de la poudre.

Cette hécatombe provoqua une débandade fluviale. Le long du Danube, entre Pest et Buda, les Budapestois se massèrent avec leurs valises, leurs ballots de vêtements à l'assaut des embarcations susceptibles de flotter. Des familles s'emparaient de bateaux de croisière, elles s'entassaient dans les cales des péniches sur des tas de sable gelé. Certains emportaient des caisses de livres ou des tableaux. Des commerçants tentaient de sauver leurs stocks, des séminaristes se contentaient de sauver leurs postérieurs à défaut de leurs âmes. Les malchanceux, les prostituées trop criardes, les infirmes étaient débarqués. Les enchères sur les prix de passage redoublaient. Les amarres jetées, la ligne de flottaison disparue sous l'eau, le courant emportait les bateaux, dans leur sillage on entendait craquer les plaques de glace. On vit un chien tenter de suivre à la nage un bateau emportant son maître qui l'abandonnait et se rendre soudain compte de la trahison, à temps pour rejoindre une rive, courir sur la neige sans plus tourner la tête en arrière, probablement jusqu'à trouver des congénères. Des noyades succédaient aux bousculades, des bateaux s'immobilisaient au milieu du lit faute de fuel, d'autres coulaient sous la surcharge.

La pagaille dura le jour sous la menace de combats, et la nuit, illuminée par les étoiles. Puis l'aube mit en lumière des berges encombrées d'embarcations à moitié coulées, et de valises et de meubles abandonnés que veillaient des palans et des grues inanimées.

Le temps des uns n'est pas celui des autres, il se plaît parfois à ralentir pour certains, tandis qu'il accélère pour leurs voisins. Pendant que les combats au corps-à-corps ravageaient Pest aux abords des docks, dans les entrepôts et les usines, avec pour enjeu le fleuve qui coulait imperturbable malgré tous ceux qu'on y jetait, et au-delà, sur l'autre rive, les rues pentues de Buda ; pendant ces assauts sauvages, les pensionnaires du zoo connurent, eux, le bonheur de l'oubli, dans la plénitude d'un silence glacial à peine dissipé par des échos lointains.

Vue du ciel, cette oasis de quiétude n'échappa pas à une énième migration d'oiseaux du Grand Nord qui, déroutés par des tempêtes de neige rencontrées en chemin, s'engouffra dans la volière. C'était une nuée gris-beige, qui s'avéra de pinsons, et son raffut agita la volière qui se mit aussitôt à jaser sur tous les tons. Des oies, grises elles aussi, arrivées avant le crépuscule se dandinèrent autour des bassins à la recherche d'eau non gelée pour leurs ablutions car elles venaient de très loin. Les deux filles sortirent à quatre mains un sac de graines de l'entrepôt pour un casse-croûte de bienvenue. Dans la soirée, survinrent des harfangs arctiques, partis derrière les pinsons. Des plumes voltigèrent, Izeta se précipita :

— Pas de conneries ici !

— Ces harfangs blancs sont éclatants, remarqua Sheindel. On les dirait vêtus pour une procession.

Cela fit rire Izeta qui conseilla à Sheindel de fixer un jour leurs pupilles jaunes.

— Ce sont les pires des assassins, après les Croix-Fléchées. J'en ai vu un zigouiller une chèvre en moins de cinq minutes à coups de bec.

Le froid pinçait tout ce qu'il trouvait. Comme à l'accoutumée, les filles se levèrent peu après Diego et Flor, leurs deux bouillottes, qui partirent illico en balade dans le parc.

Dans la volière résonnait une cacophonie impromptue. Criailleries, pépiements fébriles : un grand départ se préparait. En rangs sur les poutrelles du toit depuis l'aurore, les pinsons des neiges prirent leur envol en silence. Dans le ciel, ils tracèrent un large cercle, puis un autre et un troisième pour retrouver leurs sensations, prendre leur essor, et à la fois dire merci et au revoir, avant de disparaître au-dessus du Danube. Ils quittèrent le chaos de la ville au fil de l'eau ; pour faire halte dans les forêts serbes et, peut-on imaginer, continuer vers la mer Noire, le soleil, puis survoler les bazars d'Orient ou l'Afrique et ses grands mammifères. Les harfangs voraces les serrèrent de près. Ensuite, échelonnés, sternes et albatros. Se présentèrent aussi des rouges-gorges et leurs cousins gorge-bleues, puis des tariers pâtres, cousins de cousins, imités par des youyous et des poules d'Allen à bec et pattes rouges. Nés au zoo pour certains, ils osaient s'élever dans l'azur à coups d'ailes laborieux pour la grande aventure de l'évasion.

— Un défilé d'adieu dans le ciel. Si on pouvait.

— Ne rêve pas trop, dit Sheindel.

— Ah, quand même. Moi, si je volais, je foncerais dans le ciel jusqu'en Inde. Tu sais que le romani est une langue hindoue ? Toi, tu choisirais la Terre promise ?

— Une langue hindoue, c'est étrange, comment tu le sais ?

— Un savant de Gorica nous l'a dit. Il nous a raconté l'Inde, le grand voyage des Tziganes, il nous a enseigné les colères du pharaon, la mer Rouge qui s'ouvre, le sacrifice d'Isaac, des choses comme ça. Il aimait Moïse plus que d'autres, il disait qu'il aurait pu être tzigane.

— Ça t'a plu ?

Izeta expliqua que les incroyables aventures de Moïse montraient qu'il était un type un peu dingue : entre autres, il n'a cessé de marcher à pied toute son existence, et le plus souvent dans les dunes. Mais elle aimait la reine de Saba et le roi Salomon, car ces deux-là, on aurait encore plus dit des Tziganes. À Gorica, il se trouvait des gens pour prétendre que les Tziganes descendent des Mamelouks, en Égypte. On dirait qu'ils descendent de partout, dit-elle. Pour sa grand-mère, ils venaient du pays des Chaldéens, qu'elle disait être le pays d'Abraham, elle en était sûre.

— Et tu crois qui ? demanda Sheindel.

— Oh, moi, celui qui raconte. Pour nous, le passé n'est pas si important. Ma mère disait : *O nakhlo vaxt naśel pala o akanutno sar lesqi ućhalin.* Ça veut dire : Le passé poursuit le présent comme son ombre. Tu ne m'as pas répondu, pour la Terre promise, tu volerais là-bas, avec tes ailes ? C'est idiot de demander ?

— L'idiote, c'est moi. Je ne sais pas. Pourtant pas un shabbat, je suis sûre, sans qu'on m'ait parlé de la Terre promise, du retour… Toi, tu irais ?

— Une terre promise, pour les Tziganes ? Tu dérailles, on n'aime pas les chameaux, que les chevaux !

— On a le temps d'y penser. On va traire ? demanda Sheindel, un doigt tendu vers Mama, qui se passa la main sur la figure avant de lui adresser une discrète mais impatiente grimace.

Oublié du soleil, le jour hésitait encore entre plusieurs tons de grisaille. Sheindel préparait les biberons, Izeta le café au lait du matin. Un fracas métallique les précipita dans le foin, avant qu'elles ne se risquent, les mains collées aux tympans, jusqu'aux grilles, le long de la rue Aréna. Elles tendirent les bras à la vue des étoiles rouges sur les chapkas et les carrosseries. Une colonne de blindés passait avec ses traînées de fumée noire. Des chenilles à quatre, cinq, sept essieux écrasaient la neige en même temps que le goudron. Des hommes assis sur les capots ou les tourelles exhibaient une fierté de fer, même sans public pour les acclamer. D'autres tanks, trop imposants pour rouler sur un long trajet, se laissaient transporter sur des plates-formes tirées par des tracteurs. Les deux filles cessèrent de les compter. Entre deux passages de tanks, s'intercalèrent des automitrailleuses blindées avec des plaques de fonte. Des camions de DCA pointèrent leurs canons vers le ciel, ce qui impressionna la tigreau. Des centaines de véhicules défilèrent, les hommes en uniformes sales, aussi épuisés que sûrs d'eux, saluaient les gamines parce qu'elles étaient là, et radieuses. Les hyènes ne ratèrent rien du spectacle, les pangolins n'en parlons pas, ravis d'entendre tous ces cliquetis, remarqua Izeta ; malgré le vacarme, même les rennes d'ordinaire très distants longèrent la grille au ralenti, et Lùna manifesta son affection d'un coup de langue râpeuse sur les joues d'Izeta.

Un ours noir à collier blanc, exaspéré par le boucan, gronda à sa sortie du Pavillon tropical, frottant son visage ensommeillé contre son épaule. La vue de la petite assemblée l'apaisa. Il croisa Zéphir qui fixa sur sa taille immense des yeux de bille, et il émit un grognement gentil à l'adresse de Mama. D'une démarche pataude à l'excès, il se dirigea vers un bosquet de bouleaux, fit ses besoins en râlant fort, s'essuya les fesses sur la neige. Un second ours, un brun plus trapu, sortit au petit trot pour libérer ses entrailles à côté. Izeta ramena du magasin un tonnelet de mélasse qu'elle ouvrit à leurs pieds.

— Ils ont le ventre vide, dit Sheindel, ils vont nous sauter dessus ?

— C'est trop tôt dans l'hiver, une petite pause gourmande et ils retournent au dodo.

Voyant que le noir se pourléchait les pattes, Izeta s'écria :

— *Trezete, trezete !*

Il se dressa à contrecœur pour tourner sur lui-même en cinq ou six pas lourdauds. Et retomba sur ses quatre pattes pour regagner au trot ses pénates.

— Crie *trezete* !

Sheindel s'exécuta. L'ours réitéra son tour, à peine plus assuré, et se déroba dans le Pavillon.

— Il a été avec les Tziganes ! Tu as vu les marques sur son museau ?

— Tu m'apprends, pour la danse de l'ours ?

— Il est encore trop frileux, ils ne dansent pas dans le froid.

— Ma grand-mère disait : le premier signe du printemps, c'est l'ours sorti du bois pour rôder autour de la ruche.

Les mugissements d'avions de chasse dispersèrent tout le monde, les pangolins emboîtèrent le pas aux ours, déjà convaincus des bienfaits de l'hivernage. Puis, le silence, telle une vacuité.

Dans la nuit, Izeta eut l'intuition d'un changement inquiétant, sans lien avec les bombardements lourds qui se rapprochaient. Elle ne la partagea pas avec Sheindel, agitée dans un sommeil fiévreux. Mais elle ne fut pas la seule à s'alarmer puisque d'un coup les rossignols se turent, et les chouettes aussi. Aux premières lueurs du jour, au moment où elle effectuait sa tournée de bonjours, son appréhension fut confortée par des comportements bizarres. Mama, qui ne ratait aucune occasion de contempler un lever de soleil, était invisible. Les lamas d'habitude si flegmatiques paraissaient agités. La renne blanche n'avait pas touché son foin depuis la veille. Le silence de la volière, plus que tout, alarma les filles. Puis, tout devint clair, la température dégringola en quelques minutes à un niveau sibérien. Il gela à pierre fendre, un choc pour les habitants du zoo. Le froid cingla si fort le visage d'Izeta qu'elle tressaillit.

— Il va s'en mêler jusqu'au bout ? râla-t-elle.

— Au bout de quoi ?

Elle haussa les épaules, la déprime qui se tenait en embuscade l'abandonna lorsqu'elle entendit une mélodie joyeuse fredonnée dans sa langue par Sheindel, le cou enveloppé d'une volumineuse écharpe violette tricotée au crochet, cadeau de Mama. Puis Sheindel se rendormit, toussant de plus en plus dans son sommeil – elle toussait ainsi depuis plusieurs nuits malgré les tisanes de gentiane qu'Izeta lui préparait. Ses quintes bruissaient trop grave pour une fillette. Les cernes d'adulte qui s'assombrissaient sous ses yeux inquiétaient Izeta. L'hiver les minait toutes les deux, peut-être plus que la guerre et la mauvaise nourriture qu'elles partageaient désormais avec les animaux. Izeta veilla seule à ce que la nuit glaciale ne les emporte pas.

— Plus de café, plus de pain, plus un pot de confiture, dit Sheindel. J'ai trop faim, tu n'as pas faim ?

— J'en ai marre des choux, j'en ai marre des betteraves, grogna Izeta. Qu'est-ce qu'il fiche, Dumitru ? Il est mort, tu crois ?

— Ne dis pas ça.

— Pourquoi il ne serait pas mort ?

Entre deux salves de missiles, s'élevaient des fumées fuligineuses du côté de l'île industrielle de Csepel. L'énergie que les filles déployaient aux soins des animaux peinait à les réchauffer, et elle excitait leurs estomacs vides. Izeta suggéra à Sheindel d'aller aux provisions en ville. Elles traversèrent le parc afin de passer par une rue d'en haut et descendre l'avenue de Hongrie qui se présentait calme. La neige immaculée crissait sous leurs chaussures, puis elle apparut salie sur les décombres. Partout des cadavres ensevelis en paix sous une épaisseur de glace, ou déchiquetés par des carnivores affamés. Des passants filaient d'une ruine à l'autre, comme s'ils feignaient de ne pas voir que c'étaient bien des ruines, enveloppés de la tête aux pieds dans des lainages, des sacs vides à la main, affamés eux aussi. Sheindel s'étonna qu'Izeta bifurque dans la rue Király.

La neige recouvrait l'épave du tramway. Izeta s'élança, Sheindel démarra derrière elle ; elles déblayèrent à quatre mains assez de neige dans l'épave pour s'accroupir et observer sans être vues.

— Il ne doit pas en rester beaucoup dans le ghetto, dit Izeta. Dis-moi, qui cherches-tu ?

— Je n'y crois plus.

Izeta lui caressa le bras, elles chuchotèrent pour tromper l'attente d'un cortège. Soudain elles se turent, dans la neige fraîche les marques de leurs pas formaient un traçage qui menait tout droit à elles. Des sifflets retentirent, puis des cris d'hommes, elles se tassèrent dans l'épave. Des Croix-Fléchées marchaient, mitraillettes à la main. Derrière, des hommes et des femmes avançaient deux par deux, les mains levées à hauteur des épaules, puis venaient des gendarmes, ou des militaires, pour superviser le boulot.

— Rien ne change avec le froid, chuchota Sheindel. Ça continue…

— Chut.

Beaucoup de femmes avançaient tête nue, à l'évidence on leur avait arraché leurs foulards ou leurs chapeaux, leurs chaussures dérapaient dès que les miliciens les bousculaient. Le cortège s'agitait de plus en plus. Des femmes tenaient des enfants dans leurs bras ou par la main. Des hommes aussi portaient leurs gamins, peu d'entre eux avaient eu le temps de coiffer une casquette ou un feutre. Parfois ils jetaient un regard sur les passants.

— Rosaria ! Rosaria ! appela Izeta.

Une dame tourna la tête vers la carcasse du tramway mais l'on perçut son brusque raidissement, qu'elle retenait tout geste susceptible d'attirer l'attention. Elle portait une robe longue à motifs, une veste grise d'homme à rayures boutonnée de bas en haut et un foulard rouge était noué sur ses cheveux. Son visage tanné, ridé par l'épuisement et la faim, laissait voir des yeux sombres, humides de tendresse lorsqu'elle reconnut Izeta, que Sheindel bâillonnait comme elle pouvait de ses deux mains en se servant de son écharpe.

Des *Kettenhunde* de la gendarmerie allemande, parés de leurs colliers de fer et casqués, et des officiers en longs cuirs noirs cintrés de la Gestapo fermaient le cortège qui s'éloigna. Un groupe de miliciens s'attarda en conciliabule, les mains pointées vers le tramway. Les deux gamines jaillirent hors de l'épave, Izeta glissa, se retrouva sur le ventre, aussitôt relevée par Sheindel. Les miliciens, gênés par leurs bottes et l'obstruction efficace de badauds, ne purent rivaliser avec l'agilité des filles. Elles disparurent derrière l'hôpital Saint-Roch, en se faufilant entre les carcasses du quartier de Lipótváros, où d'éventuels mouvements de troupes de l'Armée rouge pourraient les protéger. À proximité du Danube résonnèrent des rafales trop régulières puis le silence. Elles reprirent leur course. « À droite », « Sous le porche », un cri, un signe de la main, Sheindel pointait une rue, Izeta indiquait un escalier ; elles revinrent le long de la rue Podmaniczky, avec l'espoir de croiser le 54e régiment.

C'est après avoir franchi la grille qu'elles furent prises de tremblements, à la fois de froid et de chagrin ; la faim aussi les tenaillait ; elles subirent un découragement douloureux, des images de tueries leur revenaient, sans qu'elles en parlent plus que par quelques mots pour les partager. Elles s'assirent sur le bord d'un bassin où un manchot travaillait ses glissades ventrales. Il était doué. C'était Momo, un casanier – caractère rare chez les manchots –, qui le jour de la fuite de ses congénères avait préféré le confort du zoo aux flots tumultueux du Danube, à moins qu'il n'ait eu le béguin pour Sheindel, comme l'assurait Izeta à qui Dumitru ne donnait pas tort. Momo redoubla de figures comiques pour distraire les filles, et finit par venir frotter son cou doré sur les jambes de Sheindel.

Alors, Izeta pointa du doigt un tonnelet de mélasse près de la couche des ours qui n'avait rien à faire là. Quand les fillettes virent Mama sur sa plate-forme bercer Zéphir endormi sans réclamer son biberon, elles se précipitèrent en direction du magasin. Dumitru était passé avec Kirill ! Ils avaient évacué le fumier que les filles négligeaient depuis pas mal de temps et fixé une corde neuve sur la poutre de Zéphir. Le feu ronflait dans la cuisinière, la cafetière et une casserole de purée de maïs chauffaient à feu doux. Sur la table, au sommet d'un amoncellement de galettes de pommes de terre, biscuits et boîtes de soupe, trônait enrubannée une boîte de *vanilla toffees*.

Sheindel se tourna vers Izeta qui déjà tournoyait et faisait voler ses cheveux et claquait des doigts et des talons.

— Viens.

Comment des caramels de l'US Army transitaient jusqu'au 54e régiment est une question qu'elles ne se posèrent pas car il y avait, dans ces douceurs qu'elles ramollirent dans le café bouillant avant de les enfourner, le meilleur de ce que ce bas monde pouvait leur proposer de bonté à cet instant-là.

— Qui est Rosaria ?

— Elle est de la famille de mon père. Cette année, elle n'est pas revenue chez nous à Gorica. On a parlé sur elle.

— Tu l'aimes beaucoup. Elle est belle.

— Beaucoup, beaucoup. Les enfants l'aiment, elle est douce. Tu as entendu les mitraillettes ?

Sheindel se rapprocha d'Izeta et lui prit la main.

— *Be'alma dèhou 'atid lé'it'haddata. Oul'a'haya metaya.*

— Là, tu dis quoi ?

— Je ne sais pas, j'ai entendu ça chez moi, des rabbins ; c'est un encouragement pour Rosaria, ou un adieu, je crois.

— Même pour les animaux ?

— Tous ceux que tu veux.

— Les tueurs vont nous attraper.

— Jamais. Pas dans le zoo. Tu vas voir, Dumitru va gagner. Les gens n'ont pas eu de chance, cet après-midi, c'est tout.

Les filles burent leur café d'orge en silence, il fallait que la bousculade se calme dans leurs têtes pour qu'elles se retrouvent.

Dans la nuit, un chiot coyote vint à pattes de velours se blottir entre elles. Sa respiration difficile s'apaisa sous l'effet de caresses prodiguées par les filles, toutes deux allongées sur le côté, la tête posée sur un coude.

— Parfois, je pense surtout à papa, dit Izeta. Ou surtout à maman. Ça dépend. Maman disait : On devient ce qu'on a perdu. Tu nous imagines nous, si on devient tous ceux... Tu penses comment à tes parents ?

— Pareil. Mon père était savant. Les gens faisaient des dizaines de kilomètres dans une charrette pour l'écouter. Il inventait des histoires pour mieux prêcher. C'était un hassid, donc il se voulait mystique. Maman, qu'est-ce qu'elle lisait ! Des livres en ladino, la langue des Juifs de Sarajevo, ça agaçait mon père au plus haut point. Elle aussi racontait des contes religieux très fantastiques aux enfants. Elle allait jusqu'à Sarajevo pour écouter son rabbin d'enfance.

— Elle était dans la religion ?

— Elle tenait un *restorantul-bufet* dans le quartier juif, les jours de marché. C'était beaucoup de bruit, du vin, des cris.

Sheindel décrivit une salle basse, archicomble et enfumée où résonnait en permanence un brouhaha en yiddish pour la bonne raison que ceux qui ne le parlaient pas ne trouvaient pas de table. Les gens se plaisaient à boire et à se disputer pour affaires. Ils se moquaient de l'accent de sa mère avec des blagues parce qu'ils l'aimaient beaucoup. Les jours sans marché, elle soignait les bêtes et travaillait dans le jardin. Les fleurs s'ouvraient pour lâcher leur parfum à son passage, elles l'aimaient beaucoup aussi.

— Mes parents ne sont pas morts ensemble, dit Sheindel. Séparés au dernier moment, voilà ce que je n'arrête pas de me dire. Ça me rend plus triste. Et toi ?

— Attrapés ensemble, égorgés ensemble. D'abord elle. C'est pire aussi de voir l'autre mourir au couteau. Ma mère était maigre et forte, très courageuse. Jamais peur. Elle nous disait : Nous, les Tziganes, on ne veut de nous nulle part, nous pouvons aller partout. Sauf dans les lieux maudits. Dans le camion, elle n'a montré aucune tristesse, à cause de nous, je sais. Elle a parlé de choses sans importance, personne ne l'écoutait, sauf nous. Avant, les gens venaient la chercher pour accorder leur piano dans les villes où on allait. Elle gagnait plus d'argent que tout le monde. Les routes étaient si longues, elle chantait, elle dansait. Je n'arrive pas à croire que je ne l'entendrai plus jamais. Même pour une petite chanson...

— Ils s'aimaient beaucoup ?

— Bien sûr, pourquoi ?

Son père avait enlevé sa mère au cours d'une fête ; puis avec ses frères, ils ont dû sortir les couteaux pour la défendre contre les frères et les cousins de sa fiancée. Il le racontait encore et encore, tantôt le fusil, tantôt le couteau, ou la poursuite à cheval, ajoutant chaque fois de nouvelles prouesses, et les enfants riaient de ses souvenirs fantasques. Pour rien au monde il n'aurait quitté chapeau ou cravate, même l'hiver, même pour boire ou pour se coucher, et quand il avait bu, il pouvait se disputer avec n'importe qui, sans que cela soit violent.

— Sauf s'il entendait des menaces. Là, il montait dans la roulotte décrocher son fusil.

— Un fusil ?

— Un Tzigane sans fusil ne voyage pas loin. Il protégeait ses chevaux, il disait que les voleurs, ça ne manque pas. Défendre les ours aussi, et la famille, parce que les attaques contre les Tziganes, ça ne manque pas non plus. Mon père, on accourait quand il jouait de la flûte. Son père, mon grand-père Patchaï, jouait de la flûte, c'était une famille sans guitare, les rois de la flûte…

Elle s'interrompit pour pointer du doigt le coyote.

— Il dort, vise ses pattes, il est en train de rêver qu'il court.

— Au milieu de la meute, il gémit, il a du mal à suivre.

— Mon père disait : Il faut s'inspirer de la vigilance des animaux, comme pour eux, l'existence ne nous est donnée à aucun moment.

— Nous, c'est qui ?

— C'est nous deux, Sheindel, et tous ceux du zoo.

Au fil des jours dans le zoo, plus rien n'existait d'important pour eux qu'eux-mêmes. Ce matin-là, leur biberon englouti, Zéphir et Sara se lancèrent dans un jeu avec une peluche récupérée par Mama, il s'agissait de se la disputer pour l'emporter le plus loin possible. Le clan des hyènes gloussait dès que Sara filait, les deux filles se joignaient à Mama pour encourager son fiston.

— *Got iz mid fun mentshn, er lib besod animals.*

— Tu dis ?

— Dieu s'est lassé des hommes, il aime les animaux en cachette. C'est ce que ma grand-mère prétendait.

L'arrivée de l'ours noir sur l'aire de jeu interrompit la partie. Il fut suivi par son confrère brun, les yeux éblouis par le jour, qui se rendit à son tour au coin toilette, au bout d'une passerelle. Mais au lieu de revenir pour reprendre le cours de leur hibernation, tous deux trottèrent, le museau bruissant de grognements, en direction du hangar où Dumitru stockait les cartons. Cette fringale ne trompait pas, il y avait du changement dans l'air.

— Ils suivraient le Danube ? demanda Sheindel.

— On va les emmener là-bas. On va essayer, m'étonnerait pas qu'ils préfèrent les décombres en ville à cause des poubelles. La gourmandise, c'est leur péché.

Le lendemain, une déflagration fit sursauter tout le monde ; plus assourdissante que les explosions du dépôt de gasoil. Tous eurent mal aux tympans, le sol trembla, des oiseaux fusèrent droit dans le ciel. Les lapins firent irruption près des bassins pour retourner en tribus au fond de leurs terriers du parc. Sara et Zéphir reprirent leur jeu. Une deuxième déflagration, plus proche, l'interrompit pour de bon. Des salves d'obus lui succédèrent, entrecoupées de quatre nouvelles explosions. Leur violence dissuada les deux filles de mettre un pied dehors. Elles ne virent donc pas le pont Margit se briser dans le fleuve, ni ses piliers entraîner dans la noyade ses monumentales sculptures, ni, plus en aval, les deux tours du pont Széchenyi être réduites en amas de pierrailles, les chaînes en fer forgé de son tablier à moitié immergées dans les flots, et les têtes des deux lions qui le gardaient rouler sur l'avenue.

À peine ses troupes retranchées sur les hauteurs de Buda, la Wehrmacht venait de dynamiter l'un derrière l'autre les six ouvrages reliant Pest et Buda, avec l'ambition coriace, peut-être désespérée, de ralentir le déferlement des régiments d'infanterie, de cavalerie et de blindés de l'inarrêtable Armée rouge qui, déjà, au moyen de chalands, conteneurs et planches, établissait des ponts flottants.

Au zoo, le soleil caressa une fin d'après-midi tranquille, avant de laisser la place à un ciel lumineux d'étoiles ; les deux fillettes éprouvèrent l'envie de se faire belles. Le soir les trouva dans la paille, absorbées par des soins de coiffure. Brosser, peigner, brosser ne servait toutefois à rien, à entendre Izeta qui ne parvenait pas à tresser une natte dans l'épaisse chevelure bouclée de Sheindel qui râlait sous les coups de peigne.

— Je capitule.

— Je t'ai prévenue. Même maman a renoncé. Il faut de l'huile parfumée.

— On joue au jeu de cartes de Dumitru ?

— Non, des chansons.

Il faisait bon. Izeta se mit à fredonner une chanson romani qui parlait d'une jeune fille pauvre qui marchait pieds nus toute la nuit pour rechercher son amoureux, à qui sa famille riche avait donné une chérie, mais qui savait quoi faire pour ne pas mourir d'amour. Mama apparut à la porte, avec sur sa hanche son Zéphir qu'elle enserrait de son long bras. Elle se caressa la figure.

— Eh, eh, la bonne surprise ! Entre, Mama ! Tiens, prends, offert par l'Armée rouge.

Dans la boîte Mama saisit deux bananes. Elle éplucha la première que Zéphir engloutit d'un coup, avant que ses lèvres ne fassent leur *oh* tout rond. Elle grignota la seconde avec une lenteur qui traduisait son plaisir.

— J'ai une idée, dit Sheindel.

Elle revint en portant sur un plateau une polenta moldave beurrée de margarine russe et des pommes. On dîna sur un coin de paille laissé à disposition par les lamas endormis. Zéphir ne tenait pas en place, Izeta l'invita à danser. Il s'échappa, grimpa le long d'une corde de poulie, bondit sur une poutre de la charpente métallique. Là-haut, puisa de la paille de sa litière qu'il répandit par poignées sur la tête des trois en dessous, sautant et gloussant. Puis il exécuta sur sa corde neuve un numéro d'acrobate qui les fit se plier de rire.

— Les gens qui n'ont pas connu Mama et Zéphir, leur vie va être très ennuyeuse, dit Izeta.

Les filles jouaient aux charades, Mama passait de l'une à l'autre, pour s'appuyer contre elles, les imprégner de son odeur et plonger ses yeux dans les leurs comme si elle voulait y imprimer son affection. Avec force grimaces, elle mima des histoires d'un autre monde ; les filles rirent à en verser des larmes. Puis la flamme de la lampe virevolta et baissa, elle trébucha avant de s'éteindre sur les soupirs d'Izeta endormie. Zéphir se mit à ronflotter. Mama emporta son rejeton, Sheindel réveilla sa copine pour l'emmener au milieu des lamas.

— Bonsoir, Mama.

Au petit matin, personne au petit déjeuner. Les plus matinaux virent les filles tenter en vain d'apposer une échelle trop lourde à l'endroit de la plate-forme de Mama. Elles épièrent le bord de la planche là-haut, à l'écoute, puis sortirent et revinrent un peu plus tard un biberon dans la main. Pas le moindre bruit, plus aucun doute.

— Ils sont partis, vers où ? demanda Izeta.

— Mama est venue nous dire au revoir la nuit dernière. On ne s'en est pas aperçues. Pour qu'elle soit partie dans ce froid, elle a dû avoir très peur pour son mioche.

— On va prier fort pour elle ?

— Oui.

Quand, après de longues années d'oubli, cette prière lui reviendrait à la mémoire, Sheindel se ferait la réflexion que jamais Dieu sans doute n'entendrait supplique qui ressemblerait plus à une fable enfantine où seraient conviés des êtres de toutes espèces, dans laquelle lui-même serait délaissé et qui serait improvisée en roumain, en romani et en yiddish.

Amen prononcé, elles ne retinrent plus leurs larmes. La tigreau miaula, Andronica, sa nounou du jour, les regarda, tête penchée. Les deux filles partirent à la traite.

Alors qu'elles attendaient, assises sur des marches, la tête tournée vers le portique d'entrée, dans l'espoir muet – que toutes deux savaient vain – d'un retour de Mama, son petit sur la hanche, et se caressant le visage de sa belle main noire, Sheindel et Izeta assistèrent à une scène qu'elles n'auraient pu imaginer : trois des hyènes parties à la première heure entrèrent non pas en rang mais l'une à la suite de l'autre, la dernière très à la traîne, langues en pendouille, muettes et boitant bas, ou marchant sur trois pattes comme Ramiza qui tourna vers elles un regard incapable de dissimuler son désarroi. Sur leurs flancs trempés de sueur malgré le froid, de larges taches de sang déjà noirâtre se perdaient dans les poils. On mesurait leurs efforts pour retenir leurs gémissements ; elles tentèrent quand même de ricaner pour donner le change aux filles.

— Suzana !

Les filles se précipitèrent à l'instant où la dernière s'affalait dans la neige, elles l'enveloppèrent dans une couverture pour l'installer dans leur dortoir. Andronica accourut, d'un grognement elle écarta les filles, flaira les blessures de Suzana et se mit à les lécher de lents gestes de la langue, pour nettoyer les plaies sur le flanc et le long des pattes. Dans la cuisine, Izeta mit de l'eau sur le feu, elle revint en déchirant en lambeaux un rideau pour stopper les saignements.

— On lui donne à boire. Tiens-lui la tête.

À genoux près de Suzana, Sheindel lui posa la tête sur ses cuisses. L'haleine de la blessée la surprit, ça sentait fort. C'était la première fois qu'elles touchaient une hyène, les poils leur parurent rêches au bout des doigts ; plus tard dans la soirée, elles s'amuseraient d'avoir pensé en même temps à des poils de tapis. Elles lui glissèrent au goutte à goutte de l'eau entre les mâchoires.

— C'est un obus, dit Sheindel en retirant un éclat métallique.

Dehors, les miasmes des blessures, peut-être l'odeur d'une mort en attente, agitèrent les rennes dans leur enclos, qui, rompant avec leurs habitudes, s'éloignèrent dans le parc. Les lamas firent le tour des bassins, leur museau nerveux relevé. Des toucans atterrirent dans la pièce et se tinrent en retrait, leurs gros becs affolés. Les deux filles rafraîchirent la tête et les flancs des hyènes avec de la neige pour apaiser les tressaillements qui les parcouraient.

Dumitru se fit entendre, Izeta bondit dehors pour lui faire signe sans avoir à crier. Il se pencha sur les blessées, les tâta, puis ausculta leurs pupilles. L'attente dura, même Sara ne la troubla pas.

— Ça va aller.

— Elles ne vont pas mourir ?

— Pas question. La vigueur de leur sang est terrible.

— On fait quoi ?

— Retirez les éclats pour éviter les infections. En douceur. Ils n'ont pas pénétré profond, il n'empêche qu'elles sont fébriles. Donnez à boire. De l'eau, du calme.

— Pas de couvertures ?

— *Niet.* Les blessures doivent respirer… Le problème…

— C'est ?

— Il en manque une…

C'était Suvita Mica, elle devait son nom à une crête noire qui parcourait son dos, depuis les oreilles jusqu'au bout de la queue. Unique hyène rayée de la bande, peut-être pour cela se voulait-elle la plus discrète et la plus enjouée, elle était née sous une étoile bohème, disait Sheindel, c'était la plus artiste, confirmait Izeta. Dans sa brousse, au sein d'une meute de rayées, elle serait née aristocrate, fille de reine de meute, plus tard reine ou duchesse, avait renchéri Dumitru. Sa disparition anéantit les filles.

— Si on allait…

— Stop. Elles parcourent des kilomètres là-bas. Tu peux être sûre que les autres ne l'auraient pas abandonnée.

Les filles lui racontèrent le départ de Mama et Zéphir. Tout en pansant les hyènes, Dumitru réfléchit.

— Mama a pressenti un truc. Elle vous en a informées. Elle est partie pour son petit. Elle est la plus intelligente de tous ceux qu'on peut rencontrer dans cette guerre. Vous ne pouvez pas rester ici.

— Pourquoi ?

— Les nazis sont foutus. On va prendre Buda, les banlieues, toute la ville. Après, je vais continuer vers l'Autriche.

— Et nous ?

Il adopta un ton plus solennel pour répondre. Au départ des armées suivrait le chaos, qu'il connaissait, il l'avait vécu en Bessarabie et chez lui en Moldavie, et sonnerait le tocsin de vengeances terribles, des pillages, des raids de tueurs encore plus déchaînés et de gens simplement affamés sans plus personne pour raisonner. Ils se précipiteraient jusqu'ici, au zoo. Il insista :

— C'est trop dangereux pour vous. Vous êtes des fillettes, de très jolies fillettes, plus des enfants. Je reviens dès que je peux avec ce qu'il faut pour vos copines.

Février avançait vite, plus glacial que janvier. Le martèlement des bombardements ne baissait pas, la bataille se décalait vers l'ouest et le sud de Budapest. À son retour au zoo, Dumitru portait un carton de produits médicaux. Il aseptisa les plaies en chantonnant d'une voix enjouée.

Une matinée, dissimulée sous une tempête de neige, les armes se turent, les rennes sortirent dans le parc écorcer les arbres. Lùna, qui se savait invisible dans la blancheur de l'air, se mit à danser une ronde en ruades. Les lapins, chassés de leurs terriers par la faim, se réapproprièrent leurs nids de paille dans les stalles. Les filles remarquèrent, sans s'en étonner autant qu'elles auraient dû, qu'à dater de ce jour Dumitru se montrait guilleret. Peu de temps après, un étranger l'accompagna, un élégant vêtu d'une pelisse en peau lainée, de gants et d'une toque en astrakan. Dumitru le présenta comme un envoyé spécial d'une organisation juive américaine d'aide aux personnes en fuite. Du nom de Joint, mentionna avec un fort accent l'émissaire, qui serra cérémonieusement les mains des filles et leur expliqua que Dumitru était venu le voir pour lui parler d'elles, pour qui il éprouvait un véritable « émerveillement », le mot n'était pas trop fort. Puis il leur proposa de les évacuer de la ville par l'intermédiaire d'une ambassade, soit portugaise, soit suédoise. Tant qu'il est encore temps, insista-t-il. Ce qui voulait dire les diriger vers des familles d'accueil situées dans des zones de paix, en Italie, en Bulgarie ou au Portugal.

— On y trouvera qui ? demanda Sheindel. On pourra en repartir ?

L'émissaire décrivit les rassemblements de rescapés que les filles iraient rejoindre. D'innombrables enfants comme elles, dans l'attente d'un départ loin des horreurs.

— Disons que vous attendrez que les Allemands capitulent, précisa-t-il, qu'ils soient écrasés pour de bon. Vous savez mieux que personne que les nazis tueront jusqu'au dernier jour, ajouta Dumitru, leur débâcle sera un carnage.

— Vous savez qui on est ? demanda Izeta. Même moi ?

— L'une et l'autre. C'est pourquoi je suis venu le plus vite possible. On vous emmène à l'abri, dans des familles.

— Quelles familles ?

— Des gens prêts à vous accueillir bien. Ils en savent assez pour comprendre. Ou dans des campements, si vous préférez. Il en existe, avec beaucoup trop d'hommes, et des voyous, de la corruption, ça peut être mauvais pour deux filles.

— Et si on emmène les hyènes ? tenta Sheindel.

— Ah ça... Pour la suite, on essaie de retrouver vos familles. Nous travaillons avec d'autres.

— Et si on ne les trouve plus ?

— À tout moment, vous choisissez.

Après leur départ, Sheindel nettoya la litière des animaux. Elle se décida à rompre le mutisme d'Izeta.

— Ça te plairait ?

— Où ?

— Je ne sais pas, dans un pays, en Italie, en Amérique, au Portugal. Même en Palestine, comme il a dit.

— Moi, je ne vais que là d'où je peux revenir, pas de bateau.

— Tu ne veux pas t'éloigner des Tziganes ? Tu veux les retrouver. D'accord, je suis tout à fait d'accord. Moi c'est pareil, les disparus, on ne veut pas les abandonner. On reste ensemble.

— T'es sûre ?

— Très sûre.

Izeta lui tendit la main, elles entreprirent de brosser de fond en comble la fourrure des lamas qui à tour de rôle présentaient leur dos, leur ventre, leur cou, en extase sous l'étrille. Au passage, elles lurent dans les prunelles de Diego, et plus encore dans celles de Flor, la confirmation d'une anxiété à peu près générale ; toutefois, à l'infirmerie, les prédictions de Dumitru s'avérèrent justes. Après que dans un premier temps, l'épuisement avait couché les hyènes sur le flanc, la poitrine pareille à un soufflet rauque, une nuit, leurs langues jusque-là inertes retrouvèrent leur vitalité et leur couleur normale et, l'une à la suite de l'autre, elles se dressèrent sur leurs pattes pour s'essayer à des pas raides et mal assurés. Dès que l'appétit revint, Andronica s'en alla dans les parages une ou deux fois par jour, le plus souvent elle n'eut pas à s'absenter longtemps, pour en rapporter des morceaux de viande bien conservée par le froid sur les trottoirs. On entendit ricaner à nouveau, ces rires trop longtemps tus, on ne pouvait que s'en réjouir, il était temps de se donner un peu de distraction, ce que se dirent tous ceux qui venaient aux nouvelles. Les frasques de la petite Sara égayèrent l'atmosphère même si l'on voyait bien à quel point Zéphir lui manquait. Les hyènes firent leur première sortie autour des bassins et, aussitôt aptes à se mouvoir en souplesse sur la neige glacée, partirent au ravitaillement, malgré les implorations des filles.

Ce matin-là, le jour était arrivé sans s'annoncer, tout n'était qu'immobilité, ce fut dur pour les deux fillettes de s'extirper de la paille. Même si aucun pensionnaire du zoo ne s'impatientait, elles se rendirent, à peine débarbouillées, dans l'entrepôt pour tirer à deux un sac de céréales jusqu'à la volière et les répandre en gestes de semeuses au diapason du jour qui peu à peu se découvrait clair. Les oiseaux donnèrent un beau récital. Ensuite quoi ? Le café au lait concentré soviétique, puisque les rennes avaient fichu le camp. Soudain un long, long, long sifflet enroué déchira l'air, celui, aucun doute, d'une locomotive, prolongé par la sonnerie crécelle d'un aiguillage. Les filles lui répondirent par un large sourire, les bêtes s'ébrouèrent dans la cour. C'était le premier train entendu depuis leur installation dans le zoo, il devait venir de si loin. Mais les changements qu'il annonçait ranimèrent l'humeur sombre d'Izeta, qui n'avait pas fermé l'œil de la nuit. Bras croisés, menton dans sa pelisse, elle fixait les hyènes, assises dans la neige. À la porte de la resserre, Sheindel l'observait, malheureuse de sa tristesse.

— Café, chocolats ? Au lait, ceux que tu adores. On se demande où l'Armée rouge a pu les voler.

— C'est le type qui les a apportés, murmura Izeta.

— Jamais mangé autant de chocolats.

— Moi non plus. Pourtant, mes frères étaient champions pour en trouver.

— Izeta, on reste ensemble. Ensemble !

— Tout le temps. Mais tu sais, les hyènes vont partir.

— Tu as remarqué comme moi. Elles se sont agitées toute la nuit, toi aussi, tu n'as pas cessé de te retourner. Ramiza est sortie plusieurs fois faire une ronde. Suzana l'a rejointe pour tourner avec elle, toi derrière. Vous savez que des tueurs vont venir.

Toutes deux haussèrent les épaules, Izeta enlaça Sheindel.

Le ciel était d'un bleu pâle de fin d'hiver aléatoire. Puis la brume du fleuve grisailla l'air. Dumitru fit irruption, il enleva sa casquette pour s'ébouriffer les cheveux, salua, plein d'entrain. Coïncidence ou pas, à cet instant les hyènes sortirent de leur dortoir, elles frôlèrent les filles qui effleurèrent une caresse, puis en rang se dirigèrent vers les statues des éléphants ; Ramiza marchait à droite comme à son habitude, Andronica ne cachait pas son excitation, Indra fermait la marche en retrait, avec son air de garçon manqué ; aucune d'entre elles ne resta pour le baby-sitting, cette fois la petite Sara les accompagnait. C'était sa première escapade hors du zoo, elle sautillait tous azimuts. Les trois humains sortirent à leur suite sans un mot, ils firent le guet dans la rue côté nord, personne, elles prirent au sud la direction du Danube.

Blanche d'une neige vierge, la rue Aréna s'étirait, désaffectée. On marchait dans un silence à peine troublé par le crissement des pas sur la neige glacée et les jappements joyeux de Sara. Ce n'était plus la boule de poils affublée d'une fourrure plissée comme des chaussettes trop grandes, mais une irrésistible petite tigresse, joueuse ou menaçant de ses petits crocs pointus, sûre de son charme et de sa puissance à venir. On garda le silence. Arrivés au bord du fleuve, Ramiza se porta en tête pour indiquer qu'elles ne s'arrêteraient pas. On marcha le long de l'eau, à une allure légère afin de ne pas épuiser Sara, malgré le danger d'être à découvert. Derrière, Izeta s'arrêta la première, mains jointes, pour regarder la petite bande s'éloigner le long du fleuve bordé de squelettes de grues et de chalands. À son côté Sheindel lui saisit la main, Dumitru ne disait mot. Les hyènes firent halte avant d'approcher la limite où la brume les séparerait de leurs trois amis. Izeta lâcha la main de Sheindel et sprinta. Plus loin, à bout de souffle, elle se retourna :

— Sheindel !

— Attends…

À la seconde où Sheindel s'élançait à sa suite, Dumitru bondit sur elle pour la ceinturer de ses bras. Elle se débattit, rageuse, puis affolée, suffoquant trop pour crier ; il la serra plus fort et la souleva de terre. Sans appel inutile, elle continua de frapper, elle griffa, se contorsionna de toutes ses forces, mais ni les coups de pied ni les morsures n'empêchèrent Dumitru de la maintenir en l'air. S'il avait pu croiser à cet instant les yeux embués de Sheindel, il aurait vu plus qu'un désespoir, plus que de la haine, un refus absolu d'enfant, une panique vertigineuse qu'aucun mot ne pourrait exprimer. Lui comme elle regardaient au loin sur la berge. Là-bas, immobile, Izeta mit un moment à saisir la scène. Elle tourna la tête dans la direction où les hyènes étaient en train de disparaître, et de nouveau appela Sheindel, qu'elle vit continuer à se débattre contre Dumitru, et ne vit plus les hyènes, hésita ; une main invisible la poussa dans le dos, elle cria des mots qui se perdirent, comme elle-même qui s'élança et s'effaça le long du fleuve, dans la brume.

2

Longtemps, plus de quarante ans après, en septembre 1986, les eaux du Danube coulaient amaigries dans la plaine de Hongrie, puis elles brunissaient en Yougoslavie parce que la sécheresse en rapprochait le fond et, au bout, trouvaient la Roumanie assoupie dans une moiteur tiède, comme chaque année en cette saison. Ce qui ne déplaisait pas à Frédéric, venu explorer le pays du Conducator en quête d'histoires inspirées des rumeurs draculesques ou ubuesques, selon, qui couraient dans ce pays.

Une nuit, à peine le silence se fut-il emparé de l'hôtel Lido, il sortit de sa chambre, ses chaussures à la main. Dans l'obscurité du hall, il redoubla de prudence pour ne pas réveiller les deux gouapes de la Securitate qui le filaient, ronflant sur leurs fauteuils, leurs feutres marron inclinés sur leurs paupières, et dehors, dans une nuit d'encre, il partit en voiture en compagnie de Vasile, son interprète. À la sortie de Bucarest, les attendait une route aussi étonnante que toutes celles qu'ils avaient empruntées de nuit dans cette Roumanie de Nicolae Ceauşescu : elle pénétrait d'emblée dans un embouteillage dont on ne pouvait envisager la fin. Entre deux files de carrioles tirées au trot par des chevaux que l'on devinait efflanqués, des troupeaux de moutons, moitié sur l'asphalte, moitié dans le fossé, doublaient des camions pétaradant d'impatience et des cars bondés. Il n'y avait qu'à avancer quand on pouvait. Au bord se glissaient d'une allure plus rapide des chiens en quête d'un maître perdu et les silhouettes de marcheurs : forestiers le dos courbé sous des ballots de charbon de bois, mères portant les mômes qu'elles ne pouvaient tirer. Des paysans revenaient des champs ou y allaient parce que les récoltes au noir battaient leur plein la nuit, les autres se rendaient à une convocation administrative en ville, sacoche en bandoulière. Sans compter les êtres plus fantomatiques tombés en panne de gasoil, d'avoine ou de pain et les porteurs de colis ficelés dont on ne pouvait rien deviner.

Les ténèbres se dissipèrent d'un coup et l'aube rattrapa Frédéric deux cents kilomètres plus loin, à l'est, sur le pont de Giurgeni-Vadu Oii, un édifice de poutrelles jeté sur le Danube, d'un vert jaune à cet endroit grâce aux reflets d'une roselière. Le soleil jetait aussi sa lumière guillerette sur la toilette tardive d'une famille de pélicans. À l'autre extrémité du pont, la route s'étirait au loin, désertée comme par magie. Au volant de sa Dacia, Frédéric rattrapa ses pensées qui planaient au-dessus d'une savane et il bifurqua sur un chemin qui, après d'amples courbes entre des arbustes, rétrécissait en cahots pour mourir au pied d'une dune. Autour, gisaient des carcasses de camions rongées, des conteneurs et l'épave d'un bateau enfouie dans le sable et, plus loin, un entrelacs de tuyauteries guère moins inattendues.

Derrière la dune, Frédéric et Vasile tombèrent sur une oasis d'acacias d'où s'échappait un brouhaha joyeux. C'était une famille de Tziganes, assis près d'une marmite qui mijotait sur le feu. Leur roulotte en bois, rouge cerise jusqu'à mi-hauteur, jaune au-dessus, reposait sous les arbres ; les chevaux, un couple et leur poulain d'été, broutaient dans les buissons et, d'un geste svelte du cou, faisaient voler dans les airs leurs longues crinières noires. Du linge séchait entre les branches. Autour d'une table, une gamine coiffait sa grande sœur, une maman donnait le sein à son bébé ; on cherchait les hommes coiffés de leurs feutres et jouant aux dés et on les trouvait à l'ombre, et, pas loin, des gamins jouant aux hommes un jeu de cartes en mains. Les deux visiteurs s'approchèrent, un des hommes lança une blague qui fit rire les enfants ; ils ressortirent de la roulotte avec un service à thé en étain que Frédéric, candide, marchanda pour faciliter leur passage.

Au-delà s'étendaient à perte de vue des dunes arrondies par le vent, d'un jaune gris de désert. Frédéric et Vasile s'éloignèrent dans le sable, béats. C'est alors que, sur la crête d'en face, sortit de la lumière éblouissante du soleil une silhouette brunâtre : une hyène. Elle se rapprocha, désinvolte ou attentive, on ne pouvait savoir, en marchant de guingois, l'arrière-train affaissé et la langue en pendouille sur le côté de sa mâchoire entrouverte. Elle s'arrêta pour lever son museau noir et humer l'air. Ses oreilles et sa queue dressées indiquaient qu'elle détectait une présence étrangère, bien qu'elle ne se tournât pas vers les deux hommes qui n'osèrent pas un mouvement. À peine eut-elle émis un ricanement qu'une consœur la rejoignit, puis une autre. Une minute plus tard, deux de plus se présentèrent, curieuses. Frédéric admira la subtilité de leur pelage, entre brun-beige, brun-roux et noir, leurs pattes noires comme des bas noirs, et le masque de poils noirs qui leur couvrait le museau jusque sous les yeux. Elles donnaient l'impression d'avoir peu d'égards pour les deux hommes, sinon pourquoi scruter au loin le paysage vide, d'où il n'y avait rien à attendre ? Pourtant leur insistance interpellait, peut-être étaient-elles à leur écoute, guettant un premier signe qui tardait. Soudain, *woop !* D'un bond en arrière, la plus avancée des hyènes donna le signal du départ.

— Tu savais ? demanda Frédéric.

— Qu'on était en Afrique ? Non. À Tulcea, j'ai fait l'interprète pour une mission de l'Unesco. Ils étudient et protègent la faune dans le delta. On pourrait aller les voir.

Le soleil de l'après-midi barrait la baie de Tulcea d'un rai jaune. Lascif, le Danube retenait ses flots avant de s'abandonner à son delta. Frédéric et Vasile partageaient un banc sur le quai avec un matelot et sa fiancée, jusqu'à ce que des gestes furtifs de la main à travers la vitre d'une Dacia de la Securitate roulant au ralenti n'incitent les amoureux à s'en aller. Frédéric écrivait sur son carnet :

Hier encore surnommée la Porte du delta, Tulcea n'ouvre ni ne ferme plus rien. Les marins désœuvrés attendent l'hypothétique arrivée de la bière, devant eux des dizaines de cargos et d'embarcations de toutes sortes rouillent en compagnie des grues. Il n'y a tout simplement plus rien à charger dans les cales, les usines du pays tournent à vide. Plus loin, se devine…

Une voix enjouée retentit dans leur dos :

— Ma collaboratrice m'a dit que vous avez vu des hyènes et songez à une hallucination ?

La femme souriait d'un air amusé. Ses yeux bleu-vert ressortaient dans son visage bruni sans retenue. Ses cheveux ébouriffés, d'une blondeur délavée par la mer, s'harmonisaient avec son chemisier brodé, sa robe de toile claire et des espadrilles marine, et avec l'énergie visible d'une personne qui passe beaucoup de temps à l'air libre. Que se dit Frédéric encore ? Que son bronzage chaud lui allait bien, qu'elle était très sensuelle, un peu gironde et devait être bonne vivante ; qu'elle pouvait être roumaine, car sa prononciation de l'anglais était celle d'une Latine. Ses yeux s'attardèrent sur sa poitrine, que son décolleté suggérait tonique.

Elle le remarqua d'un franc sourire et lui tendit la main :

— Je m'appelle Sheindel. Je suis israélienne et roumaine, originaire de Sighetu Marmaţiei. Dans le Maramureş, une belle région, on peut le dire, à deux pas de l'Ukraine. Vous êtes journaliste, vous faites semblant de vous intéresser aux mœurs du pélican blanc d'Égypte au milieu des nénuphars mais vous avez l'œil et l'oreille ailleurs, est-ce que je me trompe ? Cependant, vous avez bien vu des hyènes. Un peu curieux qu'elles se soient aventurées si loin de leur territoire. On les rencontre d'habitude en contrebas du Braţul Sfântu Gheorghe, à l'intérieur du delta. Là où elles trouvent tout à portée de crocs. Anita aura sans doute pisté un gros gibier. Celle-là, c'est une chasseuse, une acharnée, elle ne peut résister au plaisir de la traque, et ses copines ne demandent pas mieux. Je pars là-bas, sur ce bras du fleuve. Si vous m'accompagnez, je vous dirai tout.

L'après-midi était chaud, le passage du bateau striait à peine les eaux qui choisissaient le bras inférieur du fleuve en direction de Sfântu Gheorghe. Assis à l'arrière sur un rouleau de cordes, Frédéric sortit son carnet pour écrire :

Nous naviguons dans une parenthèse loin des regards menaçants. Luminița et Jon, un couple de petits paysans radieux, dépiautent sur les feuilles d'un journal des poissons fumés qu'ils distribuent à la ronde. Grigore, un immense Lipovène, sort une boule de pain gris. Cornel se lève pour déboucher des bouteilles de vin nouveau. L'assemblée s'agrandit, trinque en russe, en français, en roumain, et rit…

Sheindel vint s'asseoir à côté de lui.

— Ces hyènes, vous les connaissez bien ? lui demanda-t-il.

— J'ai surtout connu leurs grands-parents.

— Ah !

— Ou la génération précédente. Nous les pensons originaires du zoo de Budapest. Elles ont émigré à la fin de la guerre, rescapées du siège de Budapest, je ne sais pas si vous en avez entendu parler : la fin de la guerre, un terrible hiver, l'hiver 44-45.

— C'est une info de la Securitate ?

— De moi, comme une grande. Par quel itinéraire ? Je n'en suis pas sûre. Ma première hypothèse est qu'elles ont suivi le Danube. En ce temps-là, le trafic fluvial était nul, faute de bateaux en état de flotter et de gens pour monter dessus. Les rives étaient glaciales et pacifiées. Les hyènes sont dures au mal.

— Pourquoi le zoo de Budapest et pas celui de Bucarest, qui est tellement plus près ? Ou échappées d'un cirque.

— J'y étais, à Budapest, je les ai vues franchir la porte du zoo, eh oui ! On ne peut exclure qu'elles aient transité par une voie plus directe à travers les Carpates, qu'elles soient montées dans les forêts, sans crainte de l'altitude, bien à l'abri des tueurs, et qu'ensuite, tout au bout des Carpates, elles aient obliqué vers le sud jusqu'ici.

Frédéric demanda si la chaleur les avait guidées, Sheindel répondit la gastronomie, car dans le delta, elles n'ont qu'à fureter dans les joncs pour débusquer des pélicans ou des poules d'eau, et leurs œufs comme dessert, ou croquer des sangliers bien gras pour marquer le coup les jours de fête. Ou des ânes sauvages si elles se sentent en jambes parce qu'à la chasse en meute personne ne leur résiste. Il lui demanda si elle accepterait de lui raconter comment elle avait connu leurs aïeux et pourquoi elle était venue d'Israël pour se préoccuper de hyènes qui, avait-il lu, ne manquaient pas dans le Néguev.

Le bateau filait à présent sur les eaux toujours plus grises du Danube. Sheindel avala cul sec un petit verre de sljivovica. Elle raconta l'hiver au zoo de Budapest avec Izeta et tous les autres. Lorsque le bateau accostait afin d'échanger des voyageurs, elle contemplait le fleuve ; s'il fendait les marécages, c'était le caquètement des cormorans hargneux qui l'interrompait. Quand elle eut évoqué la disparition d'Izeta enveloppée dans la brume en compagnie des hyènes, elle se tut brusquement ; même les passagers qui n'avaient pu suivre son récit ressentirent la lourdeur du silence.

— On a repéré des crocodiles, au nord du delta, dans le Braţul Chilia, reprit-elle. Des prisonniers d'un goulag sont tombés dessus.

À l'époque de la construction du canal sur le Braţul Chilia, le bras le plus haut du delta, afin de préparer le chantier, les détenus d'un goulag roumain coupaient des roseaux sur la rive lorsqu'ils tombèrent nez à nez, c'est le cas de le dire puisqu'ils travaillaient dans l'eau jusqu'aux épaules, avec les reptiles. Des crocodiles du Nil, reconnaissables par n'importe qui à leur museau triangulaire et à leurs yeux plantés au-dessus du crâne, comme ceux du zoo. Pas impossible cependant qu'ils soient remontés depuis la mer Noire dont la salinité est faible, mais Sheindel en doutait car les crocodiles détestent nager à contre-courant.

Anticipant une question de Frédéric, elle poursuivit en évoquant un groupe de chameaux, quatre ou cinq, repérés en Bulgarie, dans la région de Tolbuhin. Tentaient-ils de rejoindre la Turquie ou la Grèce ? Ils en avaient pris la direction.

— Les lamas, j'imagine que vous les avez cherchés.

Les lamas, Sheindel en avait reçu des nouvelles de vive voix, un jour où, après des années d'appréhension, de peur, on pouvait le dire, elle était retournée dans la région de Maramureş, pour revoir Sighetu Marmaţiei et sa maison natale – et l'a regretté dès la première seconde quand elle a vu sur le toit des tuiles en plastique à la place des bardeaux vermoulus, et en contournant la haie, une pelouse tondue là où poussaient les arbres fruitiers des confitures, et sur le perron, des occupants sortis à sa vue, feignant de maîtriser avec peine la furie de leur énorme chien qu'ils ne cessaient d'exciter. Ses aboiements secouèrent tant Sheindel qu'elle se retrouva les fesses par terre en reculant, elle se ressaisit, marcha jusqu'à la petite synagogue mauresque de son père pour se calmer. Là, plus rien, effacée la synagogue, même pas une minuscule plaque, passez votre chemin, il n'y a jamais rien eu. Sheindel sourit de ce que le musée du Paysan roumain qui s'élevait sur son emplacement soit bien orienté à l'est.

La campagne, elle, n'avait pas changé. Sheindel se balada jusqu'à l'ancienne ferme de sa grand-mère Beylike. Derrière la haie voisine, un type plus très jeune l'apostropha avec un fort accent du terroir mâtiné de dialecte qui l'emplit d'une agréable nostalgie. Il se présenta comme l'ancien garde-chasse, il en avait le visage buriné et la toque noire sur la tête, très typique. Ils bavardèrent aussitôt parce qu'il avait connu la grand-mère Beylike.

— Il se souvenait de moi, toute petite, c'était mignon. Il est rentré à toute berzingue chercher une bouteille et deux verres. Il avait vu les Allemands fusiller les familles sur la place, les gens incendier notre synagogue. Le convoi des autocars vers la Transnistrie. Il m'a raconté comment ça s'était passé, le tri, des précisions surprenantes que j'ignorais. Autant dire qu'il y aurait zéro chance de récupérer des affaires de la famille dans la maison ou ailleurs, même des albums de photos ou des bouquins. De fil en aiguille, on a parlé d'animaux, eh bien, ce monsieur a de ses yeux vu des lamas, il les a observés dans une clairière où ils faisaient halte pour brouter. Nos lamas au pelage noir, l'intérieur des pattes blanc ; ça correspondait à nos amis du zoo, le nombre aussi. Cet homme savait pour ma famille, il a rajouté des détails pour mes parents, il se voulait fidèle à ma grand-mère. Il était mélancolique, seul, sans plus aucune connaissance, toutes emportées. Lorsqu'il ne jardinait pas, il arpentait les forêts ; il connaissait chaque racine sur les chemins, les clairières, il savait pister un animal sauvage contre le vent et lire les signes de son passage sur les écorces. Il a tiré plaisir de sa rencontre avec les lamas, il a pu me décrire Diego et Flor qui ne cessaient de se bécoter.

Ça méritait quelques verres de plus, le garde-chasse les avait remplis, Sheindel avait levé le coude, trop heureux tous deux de parler. Ils étaient sûrs qu'au bout de la plaine de Hongrie, les lamas avaient décroché du Danube assez vite, au pied des contreforts des Carpates méridionales. Leur instinct montagnard les avait certainement attirés plein nord en Transylvanie, puis dans le Maramureş, et plus loin dans les montagnes tchèques ou polonaises. Ou ukrainiennes, qui sait ? L'erreur serait de les croire incapables de se débrouiller dans une nature inconnue à l'issue d'une longue captivité, la faune sauvage s'adapte à toutes les situations nouvelles, à une condition, avait insisté le garde-chasse, ne pas être stressée par les humains. Voilà l'ennemie, l'animosité innée de l'humain. Les réactions humaines, imprévisibles et hostiles les perturbent plus que tout. Comme les humains étaient très rares là-haut, il était probable que les ours, les loups, ou d'autres félins avaient aussi choisi des itinéraires montagneux. Des yaks, des gazelles ? Pourquoi pas. Plausible qu'ils se soient planqués loin des coups de fusil jusqu'à trouver de vastes forêts.

Frédéric insista pour savoir si elle pensait que les hyènes s'en étaient mieux tirées que les autres. On pouvait imaginer aussi une issue privilégiée pour des animaux aquatiques, répondit-elle, comme les phoques, ça fonce un phoque, et ça ne craint pas l'eau froide.

— Les hippopotames ?

— C'est extravagant qu'ils se soient évaporés. Même mort, un hippo de trois tonnes fait jaser les riverains. J'ai une certitude, les hyènes sont heureuses dans ce Braţul, au soleil. Elles le sont parce qu'elles sont intuitives. Dénuées de pensées toxiques, comme la jalousie ou le machisme.

— Mama et Zéphir ?

— Rien, pourtant j'ai cherché. Est-ce qu'ils ont surmonté le froid de cet hiver 45 comme ils avaient résisté à la furie sanguinaire à Budapest ? Ils ont pu entamer une nouvelle vie. Zéphir aurait quarante et un ans aujourd'hui. À cet âge, les orangs-outans blanchissent du poil et ne sont plus assez lestes pour grimper à la cime des arbres, mais ils peuvent se débrouiller. Qui sait s'il ne coule pas des jours heureux dans une forêt feuillue, fournie en baies, et en pommes sauvages ? L'existence terrestre de Mama s'est finie. Quelle rare intelligence, celle-là ! Quelle finesse et quel humour. Elle comprenait notre monde mieux que nous-mêmes. Ses yeux transperçaient nos pensées, on sentait une sorte de communion. D'une mimique, elle approuvait ou se moquait. Pour dire vrai, je ne crois pas qu'ils aient survécu à leur voyage, leur alimentation les handicapait trop. Les orangs-outans ne peuvent pas se passer de fruits… et Zéphir n'en avait pas fini avec le biberon.

Quelque chose pouvait surprendre dans la façon très brusque et naturelle dont Sheindel se taisait parfois, sans qu'on sache si elle s'évadait par la pensée, si elle attendait, ou contenait une réaction.

— Mama savait ce qui les attendait à la sortie du zoo, elle ne cachait pas son anxiété les derniers jours. J'ai compris plus tard ce que nous n'avions pas vu sur le moment dans ses gestes. Pas sûr que nous ayons réagi comme elle l'espérait. Nous étions si petites.

— Vous pensez à eux…

— Hier, aujourd'hui. Ils me manquent, elle me manque…

— Et vous ?

— Moi ?

— Vous me diriez comment vous vous en êtes sortie ? Si…

— Si c'est le cas ? Je doute que cela présente un intérêt. À ce soir ? On descend là.

Frédéric attendait Sheindel sur la terrasse d'un *restaurantul*, à la jonction paisible du fleuve et d'un chenal. Non sans incendier l'horizon au passage, le soleil se résignait à s'assoupir ; la cacophonie des oiseaux résonnait sur un ton plus grave, s'y mêlaient le coassement des crapauds, le vrombissement des moustiques. La fraîcheur de l'air délivra l'odeur de vase des bottes de roseaux nouées dans la journée. Frédéric écrivit :

Le village de Caraorman tombe à une extrémité sur un marécage, au-delà miroite le fleuve. Une manade galope sur les rives. Plus loin, des troupeaux de moutons arrachent au sable des touffes de buisson. Des vols d'oies longent les roseaux – plantes frêles à la tête penchée, les roseaux sont les véritables autochtones du delta...

Il leva le nez, averti par le parfum. Sheindel se tenait devant lui, dans une robe à fleurs des années cinquante. Il lui versa un verre de vin.

— Cette roselière devant vous, les hyènes s'y étaient installées quand je les ai découvertes, avant qu'elles ne s'enfoncent dans le delta.

— C'est rare, d'aimer les hyènes, c'est même étrange.

— Je leur dois tout.

— C'est-à-dire ?

— Ma survie pendant la guerre, ce que je suis, ce que je cherche... Quoi d'autre ? D'avoir été aimée d'elles, de les avoir aimées, de les avoir aimées à un moment où je n'avais plus personne à aimer. De les avoir aimées avec mon amie que j'aime plus que personne. Aimer si fort des êtres aussi détestés, pour des gamines, c'est extraordinaire. Même si elles ne s'en rendent pas compte, elles le sentent... Cet amour, je le dois à Izeta. Izeta divise le monde entre ceux qu'on aime et ceux qui ne vous aiment pas, et à la première seconde elle a accueilli les hyènes en amie, comme des êtres pris dans la même débâcle que nous, avec qui nous allions faire. Sa famille les aimait. *Eh'ad. Nem mikh tsurik di lib gehat ones !* – ramène-moi ceux que j'ai aimés ! C'est du yiddish. Je n'ai jamais tant prié... L'autre jour, je remarque deux raies de poils noirs sur l'une des hyènes, elles forment un Y sur son poitrail. Je l'interpelle : Toi, tu es la petite-fille d'Andronica qui avait le même Y. Avec Andronica, on a mis du temps à s'apprécier, elle n'était pas plus farouche que ses copines, plutôt misanthrope, question de caractère, ou de mauvaise expérience ; ensuite, le vrai bonheur. Parfois, on reconnaît une expression sur le visage…

— Lorsqu'elles ont disparu sur le quai en emmenant votre amie Izeta, que s'est-il passé ?

— Je crois que j'ai cessé de martyriser les tibias de Dumitru à coups de pied. Il m'a relâchée. Je me souviens d'un déchirement, au sens physique du terme, une plaie à vif. Est-ce que j'ai pleuré ? Sur le moment, je ne crois pas. Ç'a été le début d'une très longue période de docilité. C'est une histoire de gamine juive rescapée très classique, elle a été très bien écrite par d'autres. Ça vous intéresse vraiment ?

— J'imagine que vous n'êtes pas retournée au zoo. Seule, je veux dire…

— La marche sur Berlin a happé Dumitru. Le jour même, le type du Joint m'a emmenée en voiture. Il m'a proposé de repasser par le zoo, je n'ai pas voulu.

C'était un Américain d'origine tchèque qui ne se débrouillait pas trop mal en yiddish et qui, avec délicatesse, tenta d'extirper Sheindel de son mutisme par petites touches. Il y est parvenu sans poser de questions idiotes. Ils se sont enfoncés dans le brouillard le long du Danube gelé, aucun être pour se manifester. Parfois le fleuve s'étalait, blanchi de glace et de neige, si large qu'il se fondait dans les près enneigés d'en face. Je le revois comme si c'était hier, dit Sheindel. Sur la route givrée, les deux voyageurs roulaient oubliés du monde, il faisait bon dans la voiture, ils se gavaient de gâteaux aux noix, elle regardait l'infini vide gris et immobile à travers la vitre sans éprouver d'ennui.

À Belgrade, la voiture a rattrapé un convoi d'autobus remplis de gamins. Les animateurs encourageaient à chanter les enfants qui ne savaient pas quoi, ils examinaient par la fenêtre les champs et les bouleaux – il ne me serait pas venu à l'esprit de penser à ceux restés derrière, trop de vide dedans, sourit Sheindel. De l'autre côté de la frontière italienne, tout a changé. Les villages étaient beaux, des gens aux terrasses bavardaient, leurs jambes dépliées devant eux. Depuis des années les enfants n'avaient pas vu d'hommes assis à une table, ils ne se lassaient pas non plus du ciel bleu de l'Italie. La campagne s'étirait tranquille, les vaches les amusaient dans les prés, et les chiens sur la route, les hommes et les femmes au milieu des vignes, et le linge dans les jardins, sans crainte d'être sali. Ils ont croisé un enterrement, les gens avançaient à pas lents, ils prenaient le temps d'être graves, les spectateurs soulevaient leurs chapeaux – et moi je les enviais.

Ils ont croisé des cyclistes, jusqu'à la mer, dans le Sud. À Santa Maria di Leuca, ils se sont arrêtés le long d'un petit port rempli de bateaux, les plus gros amarrés au quai, les barques tirées plus loin sur les plages. Au fil des autobus, ils se sont retrouvés à des milliers de gamins, beaucoup de regards résignés, d'autres durs, prêts à tout, ou à l'inverse inquiets et méfiants, la plupart survivants d'Auschwitz, Treblinka, Sobibór, de tous les camps si l'on demandait ; et de très nombreux vagabonds roumains, orphelins de l'extermination, ramassés dans les décharges et les forêts – en provenance du Maramureş de

Sheindel et de Bessarabie, qu'elle reconnaissait à leur accent moins chantant.

Sheindel a été accueillie par un couple de pêcheurs, Rino et Mariolina. Ils l'ont complimentée, sans se demander comment s'y prendre avec elle, lui ont seulement parlé à voix douce et l'ont régalée de pâtes.

— J'adorais les pâtes, dit Sheindel. J'avais cessé de manger civilisé depuis le zoo, je me suis bien rattrapée comme vous pouvez voir.

Rino et Mariolina se gardaient d'évoquer les souvenirs de la guerre, ils riaient et cuisinaient, et pêchaient et vendaient les poissons et Sheindel les aidait si elle voulait. Pour shabbat, ils savaient et s'abstenaient de sortir les filets ; les spaghettis étaient cuits la veille, réchauffés par des voisins. Tous les trois, ils allaient se promener, juste regarder et dire des choses simples de ce qu'ils voyaient. Il faisait si bon au soleil après tous ces mois glacials. Les Roumains apprennent vite l'italien, Sheindel a pu rire de leurs blagues : elle a passé deux ans au bord de la mer bleue, dorlotée par ces deux personnes qu'elle n'oublierait pas.

Dans une école dédiée aux jeunes rescapés, Sheindel suivait des cours d'hébreu. Un matin est entré dans la classe un étranger qui portait un gros cartable et une chemise à manches courtes, et qui parlait plusieurs langues. Il s'est présenté comme un *shllkhim* de l'Aliyat Hanoar, autrement dit un délégué pour l'émigration des enfants vers la Palestine, ensuite il leur a expliqué qu'il apportait leurs certificats d'*aliyah* pour partir dans leur nouveau pays, que plus rien de bon ne les attendait là où ils avaient vécu. Mariolina a préparé une petite valise et un baluchon plein de *tarelli* glacés au citron. Sheindel était si triste, ou déçue, elle ne se souvenait plus, tant elle avait espéré que Rino et Mariolina la cacheraient et qu'ils voudraient la garder toute la vie.

Sheindel avait franchi la passerelle d'un cargo pour rejoindre sur le pont une foule de mômes d'allure résignée. Personne ne parlait ou presque, ils n'éprouvaient pas le besoin d'en savoir plus que ce qu'ils voyaient. L'air sentait le mazout et vibrait sous les à-coups des machines, puis les sirènes avaient retenti. Les embruns de la Grande Bleue les emportaient, des jeunes femmes pleines d'entrain distribuaient les repas et apaisaient les bobos des âmes. À la proue était posé un coffre de mouillage, c'est là que Sheindel s'était assise face au vent, pour calmer son mal de mer et s'isoler des autres.

— Je quittais tout, cette mer allait tout engloutir, je le savais et je ne craignais rien.

Elle avait fini de grandir dans un kibboutz à peine sorti du désert, au nord du Néguev. C'était une existence bonne, loin des gens et de leurs bruits, à l'air pur et sec, dans une ambiance caniculaire empreinte d'une exaltation inconnue d'elle. Les soins au bétail occupaient les matinées, l'école et le volley-ball rythmaient les après-midi. L'agriculture du désert est âpre : pour leur offrir des distractions, le kibboutz s'était lancé dans un élevage d'autruches, où Sheindel était souvent fourrée parce qu'elle savait les autruches de grands oiseaux pervers et pas très futés, néanmoins pas méchants, et que cela lui faisait du bien de les harceler.

Quand les enfants partaient en randonnée dans les rocailles, ils apercevaient des scorpions, parfois un guépard les surprenait, si gracile et beige qu'il se fondait dans l'air ; sauvages ou plus ou moins apprivoisés, des troupeaux de chameaux, maîtres hautains des lieux, cela va sans dire, se baladaient d'une source à l'autre et ruminaient sous les palmiers des oasis. Plus les enfants marchaient, plus ils se sentaient chez eux. Des chacals les toisaient avec élégance sur des pics rocheux et Sheindel aimait se persuader qu'ils la reconnaissaient.

Ce nouveau monde se voulait chaleureux, éblouissant, sans les rues, les bousculades, les cris et les méchancetés de l'ancien ; cela lui plaisait, bien que pas une journée ne passât sans que lui manquent terriblement Izeta, son père, sa mère, la grand-mère, les montagnes de Roumanie, et si par hasard une journée trop remplie l'empêchait de penser à eux, ils revenaient d'eux-mêmes dans son sommeil. Est-ce que Frédéric pouvait imaginer ? Il ne sut que sourire en réponse. Ils étaient une bande d'enfants qui tous les jours songeaient à la vie d'avant sans en parler. L'histoire de chacun était son secret. Ils avaient peut-être peur des tourments des autres ou de souvenirs trop invraisemblables pour être dits. Qui aurait pu croire à son histoire au zoo sans se moquer ? Croire à Izeta, une Tzigane, en plus ? Et à Ramiza, une hyène ? On préférait chahuter avec les garçons, si on était une fille, et jouer au ballon. L'université du Néguev lui a mis le grappin dessus. Les pelouses du campus résonnaient de rigolades, Sheindel s'est envoyé beaucoup de camarades d'amphi, à la fin elle a soutenu une thèse de doctorat en biologie animale.

— Et les hyènes ?

— Je faisais mon service militaire. Un après-midi, on patrouillait le long de la mer Morte. C'est le couvre-feu dans la zone, check-points fermés, personne nulle part, ni touristes ni agriculteurs, les Palestiniens sont cloîtrés. À Qumrân, on s'arrête pour le coucher du soleil. Vous y êtes déjà allé ? Ce n'est pas rien, au-delà des trésors archéologiques. Sur la gauche, une montagne tombe à pic, très escarpée, la fameuse pierre beige de Cisjordanie, qui devient ocre rouge au crépuscule. Soudain, une hyène. Elle apparaît sur la pente, de la poussière de sable sur les flancs dont elle tente de se débarrasser en s'ébrouant. Les hyènes ne sont pas rares dans le désert, mais ici, à deux pas de la route, c'est une surprise. Le silence du couvre-feu l'a attirée. Il régnait un tel calme, elle est descendue, insouciante et curieuse. À mi-chemin, elle s'immobilise pour nous flairer dans la brise, la langue dehors, une manière de prendre contact. Elle nous donne l'impression d'attendre quelque chose, peut-être un geste de notre part. Sa tête se meut en cadence douce, comme si elle avait une chanson en tête – Suzana tendait à balancer ainsi sa jolie tête, très lentement, pour accompagner des pensées. Je la vois qui me dévisage, quitte mon regard comme elles font toujours, y revient plusieurs fois. Elle me fixe. Je n'ai pas le temps de comprendre. Je frissonne, puis tout me revient d'un coup. Ma grand-mère à Sighetu Marmației qui me recouvre de foin dans une mangeoire de vache, les gens qui me courent derrière armés de haches ou de je ne sais quoi, les nuits sous les arbres dans les forêts, les chiens de la Gestapo, les nuits à l'abri d'un porche au ghetto, ça ressort n'importe comment ; l'odeur du zoo, la petite voix d'Izeta le premier jour, les nuits parmi les lamas, Mama, les hyènes avec nous, Izeta qui passe par-dessus tout... tout, tout, tout ce que j'avais zappé depuis ce moment où... Je me mets à bafouiller en yiddish, ma langue qui se tenait intacte et cachée... Il me revient des bribes de contes, des phrases de ma mère, puis des expressions en romani d'Izeta. Je me suis enfermée dans ma chambre pendant quatre jours. Voilà.

— Vous n'avez pas songé à écrire ? Toutes ces histoires... Écrire, c'est pour beaucoup de gens une manière de vivre avec les disparus.

— Question banale, réponse banale : si.

— Mais ?

— Mais, rien.

À la fin du service militaire, Sheindel avait intégré l'Institut du désert de l'Unesco, à Beer-Sheva, dans le Néguev où subsistait une forte population de hyènes rayées, qui l'emballe tout de suite. Dans une revue scientifique elle tombe sur un article au sujet de la présence inexpliquée de hyènes dans le delta du Danube. L'étude l'intrigue beaucoup car l'auteur évoque un clan mixte de hyènes rayées et tachetées, deux espèces qui ne partagent jamais la même aire d'habitat, ne s'accordent ni sur les mœurs, ni sur la façon de chasser. Elle remonte le fil de l'enquête, l'Unesco lui propose le job ici.

— Il n'y a plus de vin ? demanda-t-elle.

— Si, si bien sûr. Vous dites être revenue dans votre région. Et à Budapest ?

— Aussi...

— Avec Dumitru ?

— Les journalistes sont astucieux. Oui... Je suis crevée. Si vous êtes encore dans le coin, demain, même heure ?

Au bord de l'eau, le lendemain, l'attente s'écoulait au rythme du courant sous les nénuphars. Frédéric ne se lassait pas d'un ballet primesautier d'araignées aquatiques tout en essayant de comprendre un différend ancestral, entre hérons m'as-tu-(bien)-vu et pélicans mal embouchés, qui se réglait à coups de becs maniés comme des coutelas.

Sheindel arriva enfin, pomponnée. Après un bref récit de sa journée, elle demanda :

— Est-ce que je dois me méfier d'un journaliste ?

— Pas du tout, dans le cas présent. Donc, vous retrouvez Dumitru au zoo de Budapest.

— Il y a quelques années, une lettre m'est arrivée ici, envoyée de Moldavie. Écrite sur du papier granuleux, avec un Bic rétif, typique de chez nous. C'était Dumitru.

Il décrivait ses démarches pour retrouver Sheindel par le biais du Joint et de l'Unesco. Il ne donnait aucune nouvelle de lui, pas même de ce qu'il avait fait après son départ de Budapest, mais il évoquait en quelques mots les remords qui l'avaient tiraillé pour avoir retenu de force Sheindel sur le quai. Puis, il en venait au motif de la lettre : à l'occasion d'un voyage en Hongrie pour une affaire de chevaux – Sheindel comprend qu'il est encore dans les chevaux –, il n'a pas résisté à la tentation d'un détour par le zoo de Budapest. Il gare son camion, entre par le portique veillé par des éléphants tout neufs. Le zoo a été reconstruit ; une extension dans le parc accueille des restaurants exotiques.

La foule le heurte, écrit Dumitru, il ne se résout pourtant pas à s'en aller trop vite et il dort dans son camion pour se pointer le lendemain à l'ouverture des portes. Là, il rencontre un gardien moldave qui l'emmène boire un coup pour discuter du pays. Leur histoire arrive dans la conversation, et alors son compatriote lui raconte un incident étrange. Il y a une dizaine d'années, en plein hiver, une jeune dame vêtue d'habits tziganes sous son manteau s'est présentée au zoo, seule. Elle cherchait du travail avant de continuer sa route vers la Yougoslavie. On lui en offrit, des petits boulots, elle est restée deux semaines et repartie, et revenue l'année suivante et plusieurs années ainsi et chaque fois ne laissait que du contentement derrière elle. La dame l'a marqué.

La lettre de Dumitru s'arrête ainsi. Encore sous le choc, Sheindel lui répond sur-le-champ qu'elle brûle d'envie de le revoir, chez lui en Moldavie ou en Roumanie s'il peut venir. Sans réponse, elle écrit une nouvelle lettre pour lui proposer des retrouvailles à Budapest et, comme elle aime les rituels, précise « le zoo dans les deux premiers jours de janvier », jours de leur première rencontre. Les semaines passent jusqu'à la fin de l'année, Sheindel part en Hongrie en s'en remettant au sort.

— Il est là, dit Frédéric.

— J'attends toute une matinée, détendue, tout me paraît bizarre. Figurez-vous que lorsqu'il s'avance vers moi, avec un air indécis de je ne sais quoi, peut-être d'avoir changé plus que prévu, il me faut plusieurs secondes pour le reconnaître. J'avais quitté un jeune homme assez frêle et plein d'entrain malgré la guerre. J'avais en fait gardé des souvenirs de gamine, son air de jeune homme sautillant et rieur.

— Ce sont beaucoup d'années...

— Des années de goulag. Sa figure était comme usée, la peau rougie, j'ai pensé à l'alcool, je comprendrais vite que c'était le gel. Les cheveux, hirsutes et grisonnants, se remarquaient... plus que les traits, ce sont ses gestes un peu gauches qui m'ont troublée. Conséquence des mauvais traitements... Il n'en parle pas. Mais les yeux et le sourire sont bien là, il a gardé intacte sa voix très gaie, et il respire la même générosité qu'autrefois.

Il fait froid, Sheindel s'est bien emmitouflée, Dumitru porte un feutre de campagnard, pas de gants pour protéger des mains devenues rudes, remarque-t-elle, une grosse veste mal boutonnée, un pantalon qui doit être celui qu'il met pour les rendez-vous inhabituels. Ils s'assoient sur un banc près des bassins pour s'amuser en silence du jeu de phoques blasés qui se moquent des badauds et de leurs bouts de pain. Il leur prend l'envie de marcher, Dumitru suggère une visite du zoo, elle n'y tient pas. La carte de l'Unesco de Sheindel leur ouvre la voie jusqu'au bureau du directeur, lui aussi a été marqué à cette époque par la dame.

— Voici ce qu'il m'a répondu, monsieur le journaliste que je vois écrire en douce sur son carnet, poursuivit Sheindel. Je vous le résume à peu près.

Une Tzigane s'est en effet présentée pour du travail plusieurs hivers d'affilée. Une dizaine ou plus, il peut vérifier, en tout cas il se rappelle qu'elle apparaissait aux premiers jours du mois de janvier. Elle portait une robe longue et rouge et des bracelets en veux-tu en voilà, on n'en voit guère dans un zoo. C'était une jeune femme très vive, spontanée, pleine d'initiatives, et aussi vaillante. Qu'est-ce que cela signifie ? Qu'elle se voulait plus sociable que beaucoup de ses congénères, à ce qu'on dit. La première fois, on lui a proposé, disons, des petits boulots de Tzigane. Du nettoyage de litière, précise-t-il, des bouillies à préparer. Les bêtes l'attiraient, elle entrait dans les stalles sans imprudence, pas d'embarras, elle savait avancer vers un animal sans crainte, ni geste brusque, le contourner si nécessaire. Les ours, on le sait, mais le fauve, le crocodile, l'éléphant, aucun ne l'effrayait. Pourquoi ne pas lui confier des boulots d'aide-soignante, en fait de soignante. On ne s'imagine pas une Tzigane ainsi, ça les surprend, ils se surprennent eux-mêmes. À chaque séjour, on insiste pour l'embaucher, mais rien à faire, après quinze, vingt jours, elle s'en va. Il s'est dit qu'ils sont comme ça. Est-ce qu'elle posait des questions ? À quel sujet ? Non, il ne s'en souvient pas, cela dit il était visible qu'elle ne venait pas dans ce zoo par hasard. Peut-être l'avez-vous connue ? demande-t-il.

Une courte pause permit à Sheindel et Frédéric d'apprécier la légèreté de la nuit. Elle but un verre d'un trait et reprit son récit.

— Je lui réponds : Pas impossible, de la façon dont vous la décrivez, on y croit de plus en plus.

— La fin ? demanda Frédéric.

— Il ne sait pas ce qui s'est passé : une année, elle ne s'est pas présentée. Il a cru qu'elle repasserait l'année suivante, mais on ne l'a plus revue. Et ça date de dix ans.

Il faut préciser qu'à cette époque les *muzsikucigány*, comme on les appelle en Hongrie, ne sont plus autorisés à circuler sur les routes avec leurs caravanes comme ils l'ont fait pendant des lustres, ils doivent soit s'embaucher sur les chantiers, dans les usines, soit quitter le pays. Il leur devient impossible de proposer leurs ouvrages et jouer de la musique sur les places. Pour leur voyage, ils contournent désormais la Hongrie et passent par la Roumanie ou la Tchécoslovaquie.

Un animal piaulait sans cesse dans les roseaux. Sheindel et Frédéric l'écoutèrent. Au bord de la terrasse, les *ploc ploc* de plongeons effrénés accompagnaient les coassements et les chants des cigales pour célébrer la chaleur du soir.

— Une autre bouteille de vin ? demanda Frédéric.

— Sûr, demain c'est relâche, quelle belle nuit, non ? Vous entendez tous ces oiseaux qui n'en peuvent plus ? Et les cris ?

— Le zoo, vous le quittez…

— Découragés.

Alors, ils marchent tous deux en silence jusqu'à une place monumentale illuminée de milliers d'ampoules, où dans un bar ils se bourrent la gueule. Il fait un froid de banquise quand ils se séparent sur le trottoir, Dumitru démarre son camion, Sheindel se sent paumée d'avoir passé une pareille soirée, et se demande encore comment il a pu rouler sur le verglas toute la nuit.

Un an plus tard, jour pour jour, le froid est ponctuel et Dumitru en avance, malgré trente heures de voyage. Il n'a pas changé de veste, remarque Sheindel à son arrivée. Ils déambulent dans les allées tout en jetant un œil attentif sur des femmes un peu tziganes à longs cheveux noirs. Ils ne savent pas s'ils ont envie de parler d'Izeta, ou s'ils sont plus ou moins tenus de le faire, cela les fait rire parce qu'ils ont tant de choses à se raconter, et ils décident d'aller au Danube, non sans prévenir l'employé moldave de leur absence – Dumitru y tient. Sur les quais, les ponts reconstruits les amusent, ils poursuivent jusqu'à l'esplanade de l'hôtel de ville.

— C'est de là qu'on entendait les Croix-Fléchées fusiller les gens du ghetto, dit Sheindel. Ensuite, on est retournés dans l'ancien quartier juif. On s'est offert un gâteau chez Fröhlich, on a bavardé. Une foule jouait des coudes devant des boutiques chics et des bars bling-bling. C'était une balade… flottante.

— Vous lui en vouliez? Vous étiez gênés d'être ensemble?

— Non! Mais tant de choses nous avaient séparés! D'un côté un mec qu'on a éreinté dans un goulag glaciaire, de l'autre une fille qui a étudié au soleil la zoologie avec des oranges pressées et des œufs durs à tous les repas, ça demande un petit temps d'adaptation. Nous aimons bavarder de tout et de rien, et parler d'Izeta. Marcher et beaucoup penser à elle. On s'est donné rendez-vous tous les ans, au zoo.

— Le goulag, c'est lié à ses visites au zoo pendant la guerre?

— Il est convaincu que non. Il a cherché des camarades de régiment, ils avaient disparu en Sibérie, après la guerre, comme lui, il dit qu'il ne sait pas pourquoi, en tout cas il ne tient pas à en parler. Dumitru a brillamment terminé la guerre : avancement, médailles. Ces gars de l'Armée rouge, même sur des chevaux, quels foutus bons guerriers ! Pourquoi les expédier en enfer dans la foulée ? Parce que ses parents étaient d'anciens proprios, moldaves en ce qui concerne Dumitru ? Peut-être que c'était pour tuer dans l'œuf les illusions patriotiques nées pendant la guerre.

— Il...

Sheindel se leva, sourire aux lèvres.

— Vous lui demanderez si un jour vous le croisez. Vous venez ?

Sur le chemin, elle lui prit le bras. Son parfum se mêlait à celui de la roselière. Elle est un peu ivre, se dit Frédéric sans ignorer qu'il l'était aussi. Elle posait son menton, puis sa joue sur l'épaule de Frédéric, chaque fois il la serrait contre lui. Les pulsations rapides de leur sang qu'ils pouvaient entendre à leur contact n'étaient pas dues à l'alcool.

— Vous avez eu ce que vous vouliez de moi. À mon tour.

Elle rit pour se donner une contenance ou parce qu'elle aperçut une vive brillance au coin de l'œil de Frédéric. Devant la chambre de l'hôtel, elle marqua une hésitation, lui laissa la décision et comme il se permit une petite tape sur les fesses, elle l'entraîna d'un geste brusque à l'intérieur.

Il neigeait sur Budapest le 1er janvier 1988, un an et un automne plus tard. Frédéric sirotait un café matinal près de la fenêtre, distrait par les flocons tourbillonnants et les gens malhabiles sur la chaussée blanche. Il revenait de Tchécoslovaquie, où il avait pisté avec succès Václav Havel, de sa sortie de prison jusque dans la datcha d'une amie en pleine forêt des tétras. Son journal devait être content, il commanda un autre café, pas pressé de rentrer. Eh ! Jour de l'An ! C'est aujourd'hui le rendez-vous annuel de Sheindel et Dumitru au zoo ! Comment avait-il pu oublier ? Il se leva, tout excité.

À l'entrée du zoo, Frédéric fut surpris devant la décoration baroque du portique, sa fresque animalière aux couleurs claires, chapeautée d'un cône blanc et bleu ciel très kitsch. Il obliqua vers la brasserie La Petite Falaise, qu'il parcourut rapidement, puis vers le Café de la Palmeraie. Sans trop savoir où chercher, il se laissa emmener par le flot des visiteurs, acceptant du hasard une invitation au petit déjeuner des reptiles dans l'étuve de la Maison d'Australie, puis à l'éveil musculaire des éléphants. Au bout d'une allée de lotus japonais, il se concentra pour chercher d'abord dans la maison des grands singes, où, derrière une façade de verre, une maman orang-outan et son petit, dans ses bras, fixaient impassibles une classe d'enfants. Peut-être étaient-ils déjà partis ? L'enthousiasme de Frédéric chuta, il lui sembla tout à coup impossible que Sheindel et Dumitru aient pu s'attarder au milieu de cette foule et de ces panneaux en bois bleu-vert-jaune. D'où son choc quand il les aperçut l'un contre l'autre sur un banc, un gobelet chaud dans les mains, face à un bassin.

On n'aurait pu imaginer vêtements plus contrastés dans un pays de l'Est que la parka rouge de Sheindel, ses brodequins en daim clair, la longue écharpe enroulée plusieurs fois autour de son cou, et la veste gris-bleu de

Dumitru sur un col roulé de laine de montagne à peu près gris aussi, et ses chaussures en skaï. Leurs seules écharpes provenaient de mondes différents. Pourtant, quelle vitalité dans leur conversation ; il s'en dégageait une exubérance joyeuse. Frédéric ne vit rien de décati sur le visage de Dumitru, même pas ses cheveux hirsutes un peu gris : il ressemblait à un Moldave d'un certain âge, très moldave et très sympa, et quand Sheindel les présenta, Frédéric crut discerner les traits juvéniles d'un lieutenant vétérinaire de l'Armée rouge.

— On va se balader dehors ? proposa Sheindel.

— Je préviens l'employé, dit Dumitru.

Ils descendirent la rue vers les quais jusqu'au pont refait à neuf de l'île Margit et s'accoudèrent à la rambarde. En bas, les navettes de Vienne filaient, les pousseurs rivalisaient à coups de corne de brume derrière leur train de barges. Sheindel rappela à Dumitru leur promesse de descendre un jour jusqu'à la mer Noire, Dumitru plaisanta sur le refus d'Izeta de monter sur un bateau, Frédéric se retira.

Le soir, ils se retrouvèrent au passage Gozsdu, près de la synagogue, autour d'une bouteille de valul-lui-traian rouge. Décontenancée par l'atmosphère de cet endroit bondé de jeunes dans l'ancien quartier juif, à deux pas de la rue Király, Sheindel s'abandonna à la mélodie d'une clarinette klezmer. Dumitru évoqua les dégâts provoqués par les intempéries dans les élevages et il y eut cette phrase de Sheindel pour lui suggérer de laisser ses chevaux dans leur pré parce que le journaliste français, même s'il faisait semblant de s'intéresser à eux, n'avait pas parcouru autant de kilomètres pour écouter leurs mésaventures et qu'on voyait sur son visage, bien qu'il n'osât pas le demander, qu'il aimerait beaucoup savoir ce que Dumitru était devenu après son départ de Budapest à la fin du siège et que, si Dumitru préférait esquiver les périodes du goulag, pour un motif que Frédéric comprendrait, ce serait sympa de lui raconter l'avant et l'après, surtout que le journaliste promettait de ne rien écrire. Face à l'hésitation de Dumitru, Sheindel reprit :

— Tu te souviens de ce que tu m'as dit ? *Le 15 mars fut mon seul jour de chance, je ne l'ai su que trois jours plus tard…*

Dumitru s'en souvenait, du goulag on n'oublie rien. Dehors, un vent glacé balayait l'étendue d'un champ dont les limites se perdaient dans le brouillard. Au départ du sillon, on n'en concevait pas la fin dans la grisaille. Chaussé de bottes en caoutchouc grande taille, Dumitru suivait une charrue tirée par un tracteur pétaradant, pour déposer à chaque pas des tubercules dans le sillon d'une glèbe jaune caillouteuse, qui n'avait jusque-là connu que le lichen et la mousse, dans laquelle les pieds s'embourbaient. Sur un même rang, des zeks innombrables marchaient derrière les charrues. Les hommes vêtus de pantalons disparates, les femmes de jupes en lainage, tout le monde en bottes grande taille, vestes matelassées et rayées ; ce sont les genoux et le dos qui souffraient le plus vite, et les mains en hiver par moins quinze, et la tête pendant la canicule de l'été, il y en avait pour toutes les saisons comme les poumons sous la pluie. Quand, dans un mauvais jour, un ou une zek affaiblis ne tenait pas l'allure, ceux à ses côtés plantaient de petits tronçons de son sillon, la règle était de ne pas retarder la rangée à la fin.

Deux fois l'an, des vols de cygnes chanteurs et d'oies rieuses volant très bas, à croire qu'elles étaient plus curieuses de ce qui se passait dans ces champs, ensuite de canards siffleurs, se succédaient, si nombreux que la cacophonie de leurs becs arrêtait plusieurs minutes les rangs des zeks. Ils savaient alors qu'on était en novembre ou en avril, et suivaient les migrateurs jusqu'à leur disparition à l'horizon. Dumitru, qui ne devait pas être le seul, leur confiait des messages.

C'est le sifflet de la pause de midi qui marquait le premier jalon. Morceau de pain, de fromage rance, cornichons et eau, souvent du thé noir, sucré ou pas. Ceux qui avaient fait d'autres goulags, en Sibérie ou en Oural, espéraient finir leur temps ici. Dans ce champ, au Kazakhstan, à une centaine de kilomètres des mines redoutées de Karaganda, sur une steppe où l'on ouvrait des plaines agricoles pour pallier les famines de Russie, les zeks plantaient des patates jusqu'à la fin du jour, puis grimpaient dans les camions du retour. Ceux qui se trouvaient à l'arrière de la benne voyaient alors des petites hardes de saïgas sortir des bosquets pour déterrer de leurs museaux en forme de trompe des tubercules dans les sillons.

Un jour, devant le baraquement, un militaire l'interpella et sans perdre une minute l'emmena en camionnette à la gare. Le train partit sans que Dumitru ait reçu d'indications sur sa destination. Dans une autre gare, un nouveau train, puis un autre, de gare en gare, où l'on tamponnait son bordereau de transfert, en voiture de passagers ou en fourgon de marchandises, les locomotives

CCCP portant l'étoile rouge fendaient la toundra peuplée de troupeaux de rennes. La fatigue n'empêchait pas Dumitru de scruter, nez contre la vitre, des meutes de loups en chasse, de rares lynx jaunâtres, le long de bois immenses ou sur la glace des rivières, que survolaient en cercles continuels des rapaces. Enfin, le dernier train pénétra dans un paysage de neige plat, morose et vide, sinon çà et là des bouleaux. Il n'était pas sans rappeler la plaine hongroise qu'il avait traversée avec l'Armée rouge, en quittant Budapest à la fin du siège en direction de l'Ouest, vers l'ultime bataille, Berlin.

C'était un mois de mars aussi, il y a longtemps, en 1945, par un grand froid. Cela revenait à la mémoire de Dumitru qui dans son wagon, pour la première fois depuis son arrestation, se sentait assez tranquille, ou plutôt d'une tranquillité assez désabusée, pour laisser remonter des souvenirs entassés au fond de lui-même, non par sa volonté mais par son désintérêt.

L'évacuation des troupes de Budapest a débuté à la nuit tombée avec le départ des généraux et des colonels dans des Jeep Willy américaines ; puis des convois de camions se sont élancés chargés d'hommes et d'armes, et des colonnes de tanks transportés sur des plates-formes, ou sur des charrettes traînées par des camions et des chevaux. Le 54e de cavalerie a levé le camp au petit matin. Dumitru et Kirill montent des Nonius noirs saisis dans un élevage hongrois. Rebutés au début par leurs croupes larges et leurs chanfreins busqués, les cavaliers oublient vite leurs Kabardin caucasiens lors des terribles affrontements du lac Balaton. Ensuite, le régiment de Dumitru bifurque vers Bratislava, où il déboule en pleine insurrection ; puis c'est la libération de Prague, enfin Vienne, antichambre de l'Allemagne où l'Armée rouge retrouve, pour une répétition générale avant la conquête de Berlin, les divisions SS Adolf-Hitler, Totenkopf et Hitlerjugend, dans une implacable bataille de tanks. À Vienne, Dumitru est affecté à un bureau du palais Epstein en zone soviétique, tandis que Kirill suit sa division en direction de la capitale du Reich.

Le 10 juin, un mois après la reddition allemande, Staline dissout l'armée du 2e Front ukrainien. Pour ultime mission, Dumitru se voit confier le convoyage en Russie des troupeaux de chevaux confisqués dans les haras des territoires conquis. Sur le bord des routes du retour en Autriche, Pologne et Ukraine, les gestes las des gens expriment du soulagement, pour certains, ou au contraire du désespoir et de la faim, et pour beaucoup la peur, ou tous ces sentiments embrouillés. Puis Dumitru quitte la Russie dans la benne d'un camion pour Bălţi. Méconnaissables sont les rues, amorphes, sales, tristes, aux arbres tronçonnés, où les gens avancent tête baissée. Les déportations successives ont vidé la ville aux trois quarts et éradiqué les Tziganes et les Juifs.

Le chagrin a contaminé sa mère, l'a rapetissée. Silencieuse, presque muette, et gênée de tout, la petite bonne femme partage leur vaste maison avec deux familles ukrainiennes, des petits paysans ruinés par les batailles de Tcherkassy. Sa langueur donne l'impression que les choses se passent désormais sans aucune attente ni décision personnelle. Dehors, les anciennes écuries abritent trois poulaillers, mais Dumitru hume l'odeur persistante du crottin ; dans le jardin, des choux et des oignons poussent à la place des massifs de fleurs. Le soir, chaque famille mange dans un espace cuisine délimité par un rideau en toile cirée, le samedi elles sortent chacune de son côté sur le boulevard des promeneurs. La conserverie où travaille sa mère embauche Dumitru.

Un matin, à la première heure du bel été indien qui baigne la ville, deux agents du NKVD viennent arrêter sa mère. À la conserverie, Dumitru apprend à demi-mots sa déportation dans un goulag de la mer de Barents, au nord de la Russie. Les pluies d'automne arrivent en avance et vient son tour, sans grande surprise. Deux agents l'emmènent, un commissaire politique le questionne, puis referme son classeur et capuchonne son Bic. On le conduit à la gare, un militaire l'escorte dans les trains, il ne sait où, ni pourquoi, ni que son expérience vétérinaire le protège d'une élimination rapide sur des chantiers ferroviaires du Grand Nord. On l'expédie dans une ferme à pommes de terre au fin fond de la steppe kazakhe.

Voilà à quoi il pensait dans le wagon qui, en sens inverse, du Kazakhstan vers la Moldavie, le ramenait à Bălţi. Même s'il savait que les zeks libérés quittaient le camp seuls, qu'ils n'étaient jamais raccompagnés chez eux et, par déduction, que ce voyage sous surveillance militaire n'augurait rien de bon, Dumitru ne s'intéressait pas à ce qui l'attendait, la perspective d'un procès ou une déportation dans une mine de Sibérie.

À Bălţi, deux agents du NKVD le conduisirent dans une caserne. Les bâtiments en bois fleuraient encore la térébenthine, sauf l'édifice de béton qui ne pouvait être que celui de l'administration. Au milieu d'une pièce nue, il s'assit sur une chaise. La chaleur d'un poêle l'anesthésia, tête ballottant à la limite de la perte d'équilibre, jusqu'à ce qu'on l'introduise dans un bureau frais, grâce à l'air printanier qui entrait par la fenêtre. Comme d'habitude, un officier derrière son bureau lui fit signe de s'asseoir sans détacher les yeux d'un dossier feuilleté à la va-vite. Sa moustache parut grotesque à Dumitru. Soudain, une impression de familiarité... évidemment, c'est lui ! C'était Kirill, en uniforme d'officier, qui finit par lever le nez.

— Ça va, Dumitru ? Tu veux un verre d'eau ? Je te l'apporte. Tu as mangé ? Ou un verre de vodka... Non ? J'ai mis un temps dingue à te retrouver. Par chance, tu te trouvais dans mon pays. Tu sais pourquoi tu es déporté ?

— Non.

— Ton père, ukrainien. Il a été fusillé par les nazis après leur avoir vendu ses chevaux.

— Ils les ont pris et l'ont fusillé.

— Ta mère est une Gagaouze, native de Vulcăneşti. Elle est chrétienne orthodoxe, tu le savais ? Et toi ?... Pas de condamnation. On parle de cinq ans pour les camarades envoyés en camp sans jugement. Une prolongation est possible si nécessaire. Tu ne dis rien. Les chevaux, tu as encore la main ?

— On peut perdre la main ?

— On peut tout perdre. Sais-tu combien de nos montures soviétiques les nazis ont détruites ? Neuf millions.

Dans le sommeil vaseux qui reprenait Dumitru, émergèrent par bribes les paroles lointaines de Kirill… les chantiers de la reconstruction… l'épuisement de la métallurgie…la mécanisation en marche… une demande vitale de chevaux… Des millions, sur toutes les routes, dans les champs… des millions de chevaux dans toutes les républiques de l'Union… des millions… encore plus…

— Que penses-tu de l'herbe dans le Fagului ? demanda Kyrill. C'est un plateau près de chez toi.

— C'est une herbe très peu épiée, feuillue presque toute l'année, pas mal de menthe, répondit Dumitru. Elle ne sèche pas l'été, on ne peut guère espérer mieux. L'air, encore mieux. Il est bourré d'oxygène, peu humide. Idéal pour les bronches, pour le cœur surtout. Le cœur…

— Tu t'es réveillé. Le Soviet suprême planifie de vastes élevages. Tu connais la région. La guerre l'a vidée de ses habitants, nous savons tous deux les événements terribles que je ne peux pas citer. On va la couvrir de chevaux. J'ai besoin de toi. Tu rejoins un sovkhoze d'élevage demain. Des Djavakhéti pour commencer, je me souviens de ton dédain pour ces bêtes géorgiennes.

— Il y a de quoi.

— Ça changera. Ton ordre de transfert est arrivé. Tu mangeras et dormiras avec les autres. Tu prenais des notes pendant la guerre.

— Les répercussions des combats sur…

— Tu t'abstiens là-bas. Maintenant on boit de la vodka.

C'était un sovkhoze de baraques construites à la hache, comme un siècle plus tôt en Sibérie ; d'immenses corrals entouraient un enclos pour le triage des animaux en partance vers leurs lieux de travail.

À la barrière, submergé par sa liberté de choisir lui-même un cheval dans le paddock, Dumitru s'abandonna à l'odeur de transpiration, de crottin, au son des claquements des articulations et des renâclements, et s'émut de l'éclat des regards que des chevaux curieux vinrent porter sur lui et qu'il ne pensait plus revoir depuis la fin de la guerre, sans doute même depuis son départ du zoo. Il se décida sans une hésitation pour une jument d'allure capricieuse, pommelée gris et noir, robe rare pour une Kabardin, qui feignit de l'ignorer et qu'il espérait fantaisiste. Il l'appela Kyralina, en souvenir de Kyra la jument de son père sur laquelle il l'emmenait à l'école au petit trot.

Il emménagea dans le cabanon des palefreniers, retroussa ses manches, accoucha des juments turkmènes Yamud, éleva des poulains tchèques Kladruber, qui ne le déçurent pas, soigna des gales des paturons ou des emphysèmes. Il renfloua des muscles que les rations faméliques du premier goulag avaient épuisés. Il y a peu à dire de cette deuxième vie de zek sinon que du jour au lendemain sa tête ne s'interdit plus d'avoir des idées sur les chevaux et le reste. Au goulag kazakh, il avait compris comme d'autres qu'à se poser la question du pourquoi et pour combien de temps on se trouvait là, on pouvait devenir cinglé, mauvais ou dépressif, creusant son trou à force de tourner en rond, ou virer dangereusement *refuznik*, et que pour se protéger des lésions mentales et des risques d'assassinat, il fallait renoncer à ce que l'on appelle la pensée.

Staline mourut dans sa datcha de Kountsevo, le 5 mars 1953 ; vingt-trois jours plus tard, Beria amnistia par décret un million de zeks. L'ordre de libération de Dumitru tenait en deux lignes sur une feuille dactylographiée que lui remit le commissaire du sovkhoze. Il en sortit sans baluchon, un permis de voyage dans la poche de sa veste matelassée, et il marcha jour et nuit à cause du froid, se nourrissant du pain et des cornichons, souvent accompagnés d'un bon coup de vodka, que des paysans lui glissaient dans les mains au bord des champs, jusqu'à la gare la moins éloignée où il s'assit sur un banc.

Un train finit par arriver. À Bălţi, il apprit le lieu de détention de sa mère, qui n'était pas revenue, et il reprit le train pour traverser la Russie droit au nord cette fois : Kiev, Smolensk, Leningrad. Il est des voyages qui avivent la solitude à l'extrême. Au terminus de Mourmansk, il prit la route qui longe la mer bleu nuit, hostile et parsemée d'écume glacée de Barents, et il se présenta au camp. Un apparatchik lui lut l'acte de décès : arrêt cardiaque fatal sur le chantier. Il appela une détenue, qui accompagna Dumitru à l'arrière du camp, ils marchèrent entre deux palissades jusqu'à une *transeïa* de plusieurs dizaines de mètres de long, la fosse commune où sa mère avait été jetée avec des milliers d'autres.

— Je l'ai connue, Ifigenia. Elle ne parlait pas beaucoup, elle espérait se tenir vivante assez longtemps pour revenir chez elle. Elle le croyait, elle priait et travaillait. Il s'entendait à l'écouter que tu lui manquais trop, chaque jour tu lui manquais un peu plus, et elle parlait de toi.

Dumitru ne dit rien, la femme continua.

— Trop de sel dans le sang à cause de la mer, trop de

froid, la fatigue et tant de tristesse, ça la gagnait, c'est pour ça qu'on a écrit que son cœur a lâché.

Dumitru lui sourit. Elle était originaire d'une république d'Asie. Le fichu qui protégeait sa tête, l'écharpe autour de son cou, sa veste matelassée qui avait perdu tous ses boutons par-dessus une jupe grise et des bottes trop grandes ne dissimulaient pas sa maigreur. Il émanait d'elle une odeur attendrissante. Ses bras pendaient le long de ses hanches comme si ses paroles ne valaient plus la peine d'être accompagnées de gestes. Elle regardait Dumitru. Dans ses yeux brillait une minuscule lumière.

— Je sais, dit-il. Pour toi, *babushka*, qu'est-ce que je peux faire ? Est-ce qu'ils t'ont dit combien de temps tu vas rester encore ici ? Je peux écrire ou aller dire quelques nouvelles chez toi, en train, j'ai le temps. Je peux acheter en ville…

— Non, je ne sais plus de noms. Plus personne n'attend pour moi. C'est passé, ça ne sert plus à rien. Prie pour elle comme elle a prié pour toi et pour ton père. Sur lui aussi elle pleurait.

— Je prierai pour toi aussi. Dis-moi ton nom.

Elle s'en alla droit devant elle, se retourna pour agiter la main, il ne faisait aucun doute qu'elle était heureuse de parvenir à lui sourire. Lorsqu'elle fut sur le point de disparaître, Dumitru mesura combien sa silhouette ressemblait à celle de sa mère. Il observa la terre nue de la fosse sans savoir où poser ses yeux, jusqu'à ce qu'il repère une jeune pousse de pin amenée là par un vent capricieux. Il chercha autant qu'il put à se rappeler ce qu'il avait partagé avec sa mère, mais ne lui revint à la mémoire que ce qu'il avait manqué ; il songea au sentiment d'abandon, à la solitude de sa mère, ces deux années ratées après la guerre où ils n'avaient su surmonter leur gêne ; à ces silences et tristesses partagés, puis leur réclusion à tous les deux au goulag. Il sentit ses jambes vaciller, perdit l'équilibre à l'évocation de ce temps qui n'avait plus existé. Puis il replia son chagrin d'enfant et marcha, guidé par l'odeur de la mer.

C'était, de près, une mer incolore et sombre, peut-être plus dure que mauvaise. Il choisit un rocher assez proche des effluves poisseux au goût de pourriture. Toute la nuit, il laissa les embruns glacés lui fouetter la figure ; sans attendre l'aube, des cris rauques d'oiseaux marins le mirent debout. Il prit le train, emportant dans la petite valise de sa mère des affaires et des lettres qu'elle lui avait écrites en cachette sans trouver comment les lui envoyer.

À son retour à Bălţi, rongé par la disparition sans adieux de ses parents, il traîna sur la promenade Independenţei, plus morne que la dernière fois. Un matin, une convocation arriva : le sovkhoze lui proposait de reprendre les soins vétérinaires en homme libre ; il prit le train. Dans le paddock, Kyralina lui fit la fête comme une gamine, on lui attribua un carré potager et une chambre située au-dessus de la salle des harnais, dont la fenêtre donnait sur les prés.

Dès la première nuit, surgirent sans qu'il les appelle les visages de ceux et celles qu'il avait vus mourir dans les combats d'Ouman, de Debrecen et tant d'autres ; le siège de Budapest, le Balaton, les souvenirs des batailles remisés derrière dans sa tête se mirent à vagabonder à l'air libre. Les mois de bivouac, les galettes de pain et les choux arrachés aux paysans, parfois un cochon ou des volailles, plus souvent un daim ou un faisan abattu dans une forêt. Des assauts de milliers de chars verdâtres de cinquante tonnes que ni Mars ni Arès n'auraient osé imaginer. Survinrent les images des charges des hommes et des chevaux derrière les tanks dans le vacarme, les offensives vers l'avant, les débandades vers l'arrière, l'attente dans les fossés et les forêts. Les nuits, quand hommes et femmes dorment en compagnie des chevaux tout aussi sonnés. Des nuits à se gratter les poux quand ce ne sont pas les hémorroïdes ; les nuits de défaites ou de victoires arrosées à la vodka, à entendre dans ses rêves les jappements lugubres en provenance des champs inanimés après la bataille. Pour beaucoup ce furent leurs derniers rêves. Pendant les combats on se crie dessus pour surmonter les explosions, on incendie les maisons ennemies, et on laisse les camarades violer les femmes ennemies parce qu'on ne trouve plus de mots assez forts pour les en dissuader et on tue leurs grands-pères qui ne sont pas partis ; on avance, c'est le maître mot, et quand les ténèbres tombent, on chante, parfois on couche, on se réchauffe sous une même couverture, on couche entre camarades, contre le froid et l'insomnie et les cauchemars, on fornique parce que c'est ainsi que les corps harassés se rebellent dans ces bivouacs. Beaucoup n'ont pas su qu'ils avaient enfanté.

Parfois, à la fin d'une journée calme, l'intarissable Tatiana raconte les milliers de moutons de son grand-père en compagnie d'autres anciens sur une montagne hantée ou les chasses à l'aigle des lynx blancs lors des tempêtes de neige. Avec Tatiana, Nazgul, Lev, Marina, Dumitru joue aux cartes. Tatiana s'avère une patriote redoutable, et une incomparable cavalière ; elle connaît la petite fragilité de chaque cheval, là où se cache sa sensibilité, dit-elle ; elle charme les plus irascibles, dope les poltrons, et se lève la nuit pour soulager à l'aide d'herbes médicinales une crise d'asthme ou des spasmes d'angoisse. Elle est la proche amie de Dumitru, celle qui lui a tant appris, jusqu'à ce qu'un obus la déchiquette. Peu de ces disparus ont trouvé refuge sous la terre d'une fosse, la plupart ont fini étendus, ensanglantés sur la neige, dans l'attente des chiens sauvages et des loups qui suivent les armées de bataille en charnier. Qui pour le dire ? Comment les morts pourraient-ils vivre en souvenir puisqu'il est interdit à leurs compagnons de combat de les raconter ? Qui pour risquer la déportation en évoquant leurs blagues joyeuses et leurs rapines sordides pendant les marches forcées dans les vallées du Dniepr, sur les cols des Carpates et reconnaître leur choix d'avoir fait ça ?

Ces questions tourmentèrent Dumitru, convaincu que personne ne pensait plus à eux, puisque personne ne pensait à lui, encore vivant. La nuit, à l'heure la plus noire, propice aux peurs ou aux regrets, quand ces souvenirs l'oppressaient, il descendait jusqu'à la barrière du corral pour regarder dans les ténèbres les silhouettes mouvantes des troupeaux dispersés sur la prairie.

Bien avant l'aurore, mains sur le pommeau de la selle, les éleveurs allaient au loin à travers des friches noires, des villages dépeuplés de tous leurs habitants par les déportations, les purges et les massacres soviétiques, roumains, allemands et de nouveau soviétiques. On ne voyait désormais que des manades de chevaux insouciants dans les prairies parsemées d'épaves rouillées. L'herbe, libre, poussait à hauteur de hanches d'homme pour le bonheur des quadrupèdes. Quand on croisait des roulottes de Tziganes en route vers la Roumanie ou l'Ukraine, on sortait les bouteilles et on déroulait les couvertures dans l'herbe pour écouter l'accordéon, ensuite on troquait. Les femmes en habits multicolores étalaient les bijoux, les ferronneries, des savons, même des lames de rasoir. Lorsque le soleil baissait, les Tziganes repartaient avec des chevaux attachés à l'arrière des roulottes pendant que les éleveurs emmaillotaient leurs acquisitions sur leur selle. C'est ainsi que Dumitru acquit un lot de carnets et de Bic.

Le réveil animal de ces terres ensauvagées de ronces et d'orties, Dumitru le nota en lisière des bois, lorsqu'en sortirent les ours. Les ourses, pour être précis, qui s'enhardirent à descendre les champs en friche, mises en confiance par le silence des machines agricoles. Il aperçut l'une des pionnières au sortir d'une sapinière. D'abord, une silhouette noire parée d'un collier blanc, debout derrière un arbre, qui lorsqu'elle dandina ses grosses fesses, museau en l'air, lui donna la sympathique impression de ne pas lui être inconnue. Derrière, deux marmots traquaient les hannetons, dont c'était la saison, jusqu'en contrebas d'une rivière où les oursons apprirent en moins de temps qu'il n'en faut pour le dire à obstruer avec leurs pattes des trous de truites sous les pierres. Qui après les ours ? Les lièvres, qui dansaient des farandoles sur les landes... Les sangliers qui récuraient les fossés... Certains émigrants parcouraient de longues distances, Dumitru se retrouva ainsi face à une harde de bisons venus en droite ligne, selon un naturaliste polonais déporté à qui il en parla, de la Białowieża, la grande forêt de Podlachie. Et c'est de l'Extrême-Orient russe que venait celui qu'il surprit au milieu de sa sieste sur un pic moussu : un tigre de l'Amour reconnaissable à sa fourrure jaune fumé et à ses pupilles vertes.

Caché dans une souche creuse près d'un terrier, Dumitru eut un jour la sensation de se comporter en agent du NKVD et, de ce moment, se résolut à rester visible, debout devant les arbres ou allongé le nez dans l'herbe. Aussitôt, les minuscules démons incrustés dans son esprit disparurent et il savoura le plaisir d'une réflexion méditative. La rancœur n'a aucune prise sur eux, releva-t-il sur son carnet un matin dans une garenne qu'il partageait avec une meute de loups assoupis. Ils pourraient me terrifier pour que je déguerpisse de là où ils ont été chassés, mais non, ils se prélassent, à peine agacés par mon odeur. Il pensa à ces étalons dressés puis évadés de centres d'élevage que l'on doit abattre parce qu'en liberté dans les vallées, ils n'ont de cesse non pas de défier les étalons des manades mais d'attaquer à coups de dents et de sabots les juments et les poulains isolés dans des fourrés.

Jusqu'à la fin de la guerre, Dumitru avait cru qu'il aimait les chevaux parce que le caractère original de chacun les singularisait. Ceux avec qui il avait grandi faisaient partie de la famille, il avait connu des clients de son père plus attachés à leur cheval qu'à leurs fils, vu des cavaliers de son régiment tituber de désespoir d'avoir été obligés d'abattre leur monture blessée dans une bataille. Dumitru pensait que les chevaux étaient les meilleurs amis de l'homme du fait d'une complicité naturelle, au contraire d'animaux sauvages trop exposés aux dangers de leur existence, trop absorbés par les aléas de la survie pour s'élever au-dessus de leurs instincts. Depuis son arrivée au sovkhoze, il avait compris que c'est uniquement dans le chaos de la guerre que la sensibilité cachée de chacun, dont parlait Tatiana au bivouac, les avait tant rapprochés. Hormis l'irréductible affection qu'il portait à Kyralina – qu'elle lui rendrait avec une folle gaieté jusqu'à la fin de ses jours – et malgré le plaisir des soins et celui des galops dans la prairie, son affinité avec eux déclina. C'est aussi et surtout que dans le même temps, le génie d'improvisation de la faune sauvage – son libre arbitre, comprendrait-il plus tard – le fascinait de plus en plus.

Comme une confidence à Sheindel et Frédéric, Dumitru murmura presque que déjà petit ça l'avait émerveillé, par la suite il l'avait oublié. Il raconta que sa mère, douée d'un flair sans égal pour cueillir des champignons là où personne n'en voyait, l'emmenait avec elle et, dans le froufrou de bourdonnements, gazouillis et craquements du fond des bois, elle lui expliquait les bizarreries de chaque animal qu'ils apercevaient, avec une intimité dans la voix qu'il ne lui connaissait pas. Le doigt levé, Ifigenia distinguait chaque chant d'oiseau, les trilles à trois syllabes avec refrain des mésanges charbonnières la ravissaient plus que les autres, alors elle s'asseyait sur un tronc d'arbre jusqu'à leur final. Mère et fils observaient les roublardises des chacals dorés, le manège entre deux nids d'une fratrie d'aigles sur un piton rocheux, ou les danses de noces des libellules sur la rivière. Trop petit à l'époque, Dumitru ne pouvait s'en souvenir bien, sinon qu'il s'agissait de la solitude des élans, de la férocité des hiboux et des brochets des torrents, ou de leur indifférence au temps qui passe. Ifigenia racontait ce qu'elle appelait leurs magies personnelles, dont on se demande comment elle les connaissait puisqu'elle ne savait lire que les chiffres, certainement de son enfance, dans sa Gagaouzie natale, que par ailleurs elle n'avait jamais évoquée.

Le reste, le retour au zoo, la dame tzigane, leurs retrouvailles, Sheindel l'avait raconté, Dumitru se tut.

Un silence suivit ce trop long récit de Dumitru, qui semblait fatigué, dans ses pensées.

— Une autre bouteille ? proposa Sheindel. Ces Hongrois font de foutus bons viticulteurs, non, qu'en pense un Français ?

Frédéric fit signe au serveur.

3

Trois ans et demi plus tard, l'été s'abattait de bonne foi sur le Danube, caniculaire. Les flots s'écoulaient plus gris-beige que jamais, de la Forêt-Noire jusqu'à la mer Noire, impassibles, comment ne le seraient-ils pas, eux qui depuis l'Antiquité ont charrié les millions de morts des armées romaine, ostrogothe, hunnique, papale, ottomane, royale et impériale. Il y eut trop de batailles barbares sur ses rives pour que le Danube s'agite comme Frédéric le fit, ces premiers jours de septembre 1991, quand il repassa par Budapest – avec une pensée affectueuse pour Sheindel, Dumitru et leur amie Izeta – avant de rejoindre via le bac de Mohács la Krajina croate où se multipliaient les coups de fusil et les tirs de tank. Il y arriva intrigué, sans toutefois envisager un instant qu'il découvrirait quelques jours plus tard l'apocalypse dans Vukovar, sur la rive droite du fleuve, au confluent avec la Vuka.

C'était un mois de septembre en apparence identique à tous les mois de septembre dans cette région de vignobles prêts à lâcher leur raisin : des tracteurs bourdonnaient dans les champs, sur le Danube les pêcheurs d'anguilles surveillaient leurs filets debout en équilibre dans leurs barques noires, tandis que les bouleaux se coloraient en jaune et rouge. Pourtant, à l'intérieur de Vukovar, derrière la triple ligne d'encerclement que formaient tanks, canons et camions de munitions, flottaient au milieu de ruines une puanteur de plâtre imbibé par les déjections de canalisations percées, une émanation fétide de branchages, âcres là où s'élevait la fumée de charpentes brûlées. Dans les rues, sur les monticules de gravats, se dégageait une odeur de corps ballonnés que flairaient sans hâte des ragondins venus du fleuve. Au-dessous, les « rats », comme s'appelaient eux-mêmes les habitants, se réfugiaient dans les caves, les galeries marchandes et dans les longs et vastes chais de cette ville, jadis connue pour ses vins.

Octobre arriva, un temps maussade évinça d'un coup l'été indien. Ce matin-là, bien que les obus n'eussent cessé leur vacarme pendant la nuit, le ciel se montra d'un gris immobile, épais mais assez haut pour laisser voir les spectres noirâtres des immeubles et, sur une élévation de terrain, le squelette déchiqueté du château d'eau. Remonté d'une cave où il s'était abrité pour la nuit, Frédéric se tenait dans l'embrasure d'une porte cochère disloquée, avec un gobelet de café bouillant, et s'étonnait, une fois de plus, du contraste entre le vacarme sourd des canons et l'immobilité des ruines.

L'étau des tanks se resserrait ; les défenseurs croates de la ville, civils et militaires, mouraient ou reculaient pied à pied, luisants de crasse et harassés au-delà de l'entendement. Explosions et stridulations assourdissaient la ville. Au centre ou ce qu'il en restait, rien ne bougeait plus, sauf des passants furtifs et des groupes de combattants qui fonçaient plus loin en renfort ; et bien sûr les murs et les toitures lorsqu'ils cédaient et s'effondraient. Frédéric s'engagea dans la rue, le long de façades déchiquetées. À travers les brèches, on apercevait des chaises et des fauteuils installés sur des décombres au milieu de tuyauteries tordues, parfois quand même on était heureux de saluer et d'offrir des cigarettes à une ou deux personnes, souvent âgées et installées dehors pour s'extirper de chez elles, si ce chez-elles existait encore, ou regarder le ciel, jouer aux échecs avec des voisins et bavarder de l'époque où là devant eux passait une rue, car la chaussée avait disparu sous les décombres, les planches noircies et les éclats de tuiles. Partout se décomposaient des cadavres, de gens, de chiens, parfois de cochons, de poules trop éventrées pour être récupérées, et de nombreuses cigognes qui n'avaient pas osé avancer leur départ vers le sud.

Des cadavres paisibles attirèrent Frédéric. Une femme et son gamin allongés à l'équerre, leurs mains se touchant du bout des doigts. Deux dames côte à côte, têtes tournées l'une vers l'autre comme pour un dernier bavardage, toutes deux coiffées d'un fichu fleuri, l'une chaussée de bottes, l'autre de pantoufles laissant voir de trop grandes chaussettes sans doute empruntées à son mari. Elles devaient porter à deux un sac de choux, éparpillés dans les plâtras par le souffle de l'obus. Voisines, sans doute amies, fauchées dans la nuit.

Tous les matins s'apaisaient lors d'une très courte trêve des canons, un peu avant midi, l'heure où en temps normal on entend la sonnerie de la fin des classes, où l'on pense à l'apéro, où l'on descend du tracteur pour le casse-croûte. Ceux des caves se précipitaient dehors un peu hagards avec chacun une idée précise : ramasser des oignons dans un jardin, vérifier l'état de son ancienne usine, faire la toilette de sa vieille mère ou tourner la bagnole dans son hangar. Les adolescents se retrouvaient à toute allure pour se raconter à la file des blagues, se toucher et parler de tout ce qui leur passait par la tête ; les moins jeunes échangeaient des nouvelles des morts et des vivants. Les morts attendaient que des volontaires prennent soin d'eux, avec impatience car des blaireaux et des belettes rôdaient la nuit, même des chacals venus de loin et informés on ne sait comment. Ces personnes tuées, si on les reconnaissait, on tentait de prévenir leurs proches. On les enveloppait dans des feuilles de plastique qui servaient à calfeutrer les fenêtres et les toitures, on les transportait en brouette pour franchir les déblais. Le cimetière ayant vite été surpeuplé, la plupart s'accommodaient de la pelouse du stade de foot où des fosses étaient creusées en rangs chaque nuit, ou bien ils se résignaient au terreau des jardins qui ne manquaient pas dans cette ville, autrefois la plus fleurie de Yougoslavie. Quand le bombardement reprenait trop tôt, on se contentait de les livrer au Danube avec l'espoir qu'ils se perdent dans la mer ; en théorie tout était préférable aux dents des carnivores petits et grands.

Frédéric s'enfonça dans les ruines, son carnet à la main. Il emprunta la rue du 1er-Mai qui, à partir de ses arcades baroques, dont les tuiles moussues verdâtres jonchaient le sol, montait en une large courbe vers une église d'un blanc de chaux. Sur le clocher, une croix pendouillait à présent tel un balancier d'horloge. Puis la rue se rabattait vers le Danube, elle traversait un quartier de maisons basses, démantelées par les obus, et se confondait plus loin avec la route du fleuve. Les maisons abandonnées se cachaient sous des églantiers et des herbes immenses que ballottait la brise fluviale ; des clématites et des liserons violets entraient par les portes et sortaient entrelacés par les toits ouverts.

Au milieu d'un fouillis de roses à moitié sauvages, une femme vêtue d'un chemisier, comme si elle se fichait du ciel, se penchait sur un potager, haricots, oignons en quantité, poireaux de saison. Dans des bassines macéraient des fleurs jaunes du Danube pour ses tisanes. Des pies furetaient sans gêne jusque dans sa maisonnette ouverte, des merles trillaient sur les cerisiers. Un couple de putois – « Ce sont Perun et Dodola, ils me donnent un coup de main contre les rats », tels les présenta la dame – se chicanaient devant sa remise. Dans le jardin d'en face apparaissait sous des lattes de bois la tourelle d'un tank abandonné, sauf des poules.

Plus bas, Frédéric s'assit sur l'ancien embarcadère où accostaient les navires bleus des croisières danubiennes. On devinait à peine le courant tant l'entravaient les immondices et des corps recouverts de feuilles. Haut dans le ciel, des hirondelles tournoyaient en arabesques, des busards fendaient l'air en direction de la ville, un petit creux dans l'estomac. Sur l'autre rive, protégée par l'étendue du Danube, une colonie de pélicans, témoins de la salissure de leur fleuve, refusaient de remplir leurs becs de ce qu'il charriait de comestible. Parmi eux, des marabouts dégarnis et des flamants roses, en équilibre sur leur patte, tout aussi écœurés. Frédéric cessa d'écrire ce qui se bousculait dans sa tête.

La route se poursuivait entre deux haies de tournesols échappés du champ d'à côté. Une ensileuse rouillait plus loin, un fanion du Fudbalski Klub Vukovar remuait dessus sans conviction. Autour, des bouteilles, des papiers gras, une radiocassette éventrée, des brouettes pleines de sacs, et, dispersés plus loin encore en travers des sillons, des cadavres dans leurs manteaux trop boueux à qui manquaient les chaussures pour protéger leurs pieds et leurs mollets déjà bien grignotés.

À présent la route suivait le fleuve, le martèlement des canons s'éloignait, le silence alarma Frédéric. Au moment où il était tenté de rebrousser chemin pour retrouver l'atmosphère familière des bombardements, des cris se firent entendre : un chœur de criaillements qui provenaient de divers côtés. Il s'arrêta. Des hurlements et des vagissements se mêlaient à des gazouillis d'oiseaux et des grognements plus discrets, il leva la tête. À une trentaine de mètres, sans signalisation préalable, il vit un portique, et l'inscription en lettres rouges sur un panneau de bois : *Zoo vrt Vukovar*. Dessous, une palissade mal camouflée par des mûriers.

Le portail couina. À l'intérieur, d'immenses arbres s'élevaient droit vers les nuages comme si rien ne se passait alentour. À gauche, des rochers en ciment surmontaient un bassin où, insensibles à la froidure de l'air, des crocodiles se prélassaient la gueule entrouverte. Un vénérable éléphant prenait son bain de pieds – une éléphante, en vérité, à qui ses deux défenses asymétriques, l'une longue et droite, l'autre courte et arrondie, donnaient une allure désuète presque loufoque dont elle parut se moquer quand, d'une démarche empreinte de dignité, elle sortit de l'eau, se sécha les pieds sur l'herbe avant de s'approcher de Frédéric sans cesser de balancer, à droite à gauche, sa trompe désinvolte. Sur son visage pointaient des poils épars qu'elle avait renoncé à surveiller. Sa peau trop ample pour son corps amaigri s'était plissée vers le bas, mais de ses gestes émanait une élégance précieuse. Dans ses yeux se lisait la fantaisie, ou le petit brin de déraison, qui lui avait déconseillé de suivre ses plus jeunes congénères le long du fleuve, non pas à cause du risque de glissade, parce que entre la rive et la clôture se glissait un sentier encore marqué des empreintes de pas des fuyards, trop étroit pour une pachyderme d'un âge avancé, mais parce qu'elle préférait profiter du moment et reporter les soucis à plus tard. Elle stoppa deux ou trois mètres avant de devenir inquiétante pour Frédéric, émit quelques barets et agita ses longs cils en guise de bienvenue, puis attaqua son déjeuner par des branchettes à la cime d'un arbre.

Le zoo s'étirait en bordure du Danube. À un endroit, le fleuve consentait à céder l'eau d'un ruisseau qui pénétrait à l'intérieur. Pour végétaliser une mini-rivière tropicale, de monstrueuses racines s'entrelaçaient à des lauriers gigantesques, des lianes nouaient entre eux des palétuviers. L'air fleurait la moisissure des fleurs d'eau. Sous des jacinthes, des grenouilles coassaient, soutenues par une clique de perroquets. Jamais en reste d'ironie, des makis cattas poursuivirent de leurs rires Frédéric qui, levant la tête, remarqua à la pointe d'un très haut eucalyptus, lové dans une position instable, les bras agrippés autour du tronc, un couple de koalas endormis. Dans un bassin, des phoques aux barbiches grisâtres se laissaient flotter, le ventre à l'air ; deux otaries s'adonnaient à un concours de bulles avec leurs naseaux.

C'était un zoo qui se savait modeste et sincère, que fréquentaient des familles en fin de promenade dominicale, où les amants se retrouvaient dans un concert exotique. À voir les allées et les enclos envahis de liseron, on comprenait qu'ils étaient à l'abandon depuis plusieurs semaines. Lorsque Frédéric vit sortir trois hyènes d'un trou dans la haie, de leur démarche de guingois, dos voûté et arrière-train de travers, il ne retint pas un petit salut de la main. Des hyènes tachetées, reconnut-il. Leur fourrure drue leur donnait une allure mémère.

C'est alors qu'il repéra sur une butte une colonne de fumée blanche s'inclinant sous l'effet de la brise. Dans la montée il rattrapa un gamin qui avançait avec au bras une corbeille de pommes. Ses longs cheveux s'échappaient d'une casquette, sa chemise bouffait sous son costume à rayures. En haut, la baraque reposait sur un terre-plein, des couvertures pendaient sur des fils, sur le feu chauffait une marmite. En contrebas, au pied de lauriers, un ours noir roupillait. Il est des surprises qu'il est inutile de décrire, se dit Frédéric en lâchant son stylo dans sa poche. Des gamins pointèrent leur nez au coin de la baraque, puis trois femmes arrivèrent derrière qui toisèrent Frédéric. Il les salua une main sur le cœur, ce qui les fit rire. La plus jeune, en jupe mauve, tapota deux doigts sur ses lèvres. Il tendit son paquet de cigarettes, puis la flamme de son briquet, et son paquet de réserve.

— *Limba franceza*, remarqua la jeune femme.

— *Da. Si tu ? Vukovar ?*

— *Nu. Nu. Batalia, război.*

— *Unde ? Romania ? Moldavia ?*

— *Sarajevo.*

— *Sarajevo !* s'exclama Frédéric.

Découragée par son charabia roumain, elle répondit par des *da* et des *nu* jusqu'à ce qu'une femme plus âgée vienne s'asseoir pour regarder avec Frédéric l'ours sous ses lauriers. Impressionné, il la contempla à la dérobée. Ses yeux d'un noir brillant magnifiaient son teint basané. Il avait remarqué à son arrivée beaucoup de bienveillance sur son sourire. Ses cheveux noir de jais tombaient lisses sur un châle vert jeté sur ses épaules. Sa silhouette fine, son visage, ainsi que ses doigts couverts de bagues faisaient douter de son âge – pas beaucoup moins de la cinquantaine quand même, supposa Frédéric.

Elle interrompit sa rêverie, elle l'invitait à leur repas. On s'assit sur ce qu'on trouvait à mettre sous ses fesses autour du feu. Les gamins affamés trépignèrent, les femmes servirent un goulasch de pommes de terre, paprika et oignons. Le fumet indiquait qu'il avait mijoté sans crainte des obus. C'était le premier repas cuisiné de Frédéric depuis son arrivée à Vukovar, un gueuleton, ce que savaient des corbeaux et des merles en grande discussion derrière la haie. L'ours grogna. Un chacal alléché s'allongea dans l'herbe. La curiosité de Frédéric augmentait, il hésita, puis, dans la douceur de l'après-midi, se décida à interroger la femme au châle vert sur le désastre probable qui les avait amenés dans ce zoo.

C'était au début de l'automne, dans la région de Bălţi, où chaque année ils débutaient les vendanges. Les Moldaves apprécient les Tziganes pour cueillir le raisin, et aussi leurs chevaux pour travailler dans les vignes, ils se réjouissent de la danse et de la musique des Tziganes le soir après le travail, et des couleurs de leurs habits, et ils payent bien. Les Tziganes ont aidé à presser le raisin, puis, comme des bruits de guerre en Yougoslavie résonnaient jusque là-bas, ils ont décidé de hâter leur retour à Sarajevo. Ils auraient dû passer par Bucarest et Niš et contourner la Croatie où claquaient les fusils ; tous les Tziganes rencontrés sur la route le conseillaient. Trop têtus, les hommes ont choisi l'itinéraire via Arad pour acheter des chevaux, parce qu'ils aiment ceux des élevages tziganes de la région ; et de se rendre directement à Pécs où les chevaux se vendent très cher. En partant de Pécs, les nouvelles étaient toujours plus mauvaises. Ils ont descendu une route droite vers la Croatie, et sont arrivés au bord du Danube à la nuit tombée.

Au petit jour ils ont pris le bac, celui de Dalj, pas loin d'ici. Personne pour passer le fleuve avec eux, ça les a fait taire. La pluie tombait à verse, le fleuve inondait le ponton. Sur la route d'Osijek, on ne voyait personne. Aucune voiture, pas de carrioles, même pas de paysans dans les champs pour les labours, ni dans les vignes bien que le raisin pende. C'est ce vide qui les a effrayés, plus que le silence. Les oiseaux aussi, disparus, même les corbeaux qu'on espère partout sur la route, peut-on le croire ? Pas un pour se gaver des semences dans des labours sans surveillance. Seulement une peur invisible. Dans la petite caravane on pressentait un danger terrible. Soudain, des militaires ont débouché de derrière un cabanon pour les encercler avec des kalachnikovs. Qui étaient-ils ? Comment le savoir ? Des hommes en treillis, ils parlaient en yougoslave. D'abord ils ont écarté les hommes, à plat ventre sur la route, saisi les clefs des véhicules. Ils n'ont rien fouillé puisqu'ils ont pris les voitures avec leurs affaires dedans, et les hommes mains levées. Ils ont laissé derrière eux les femmes, avec les enfants et leurs baluchons.

Elles ont marché sur la route, la pluie tombait plus fort, une nappe d'eau recouvrait le bitume, il fallait porter les plus petits et les sacs, personne pour tenter un mot, de toute façon avec la pluie, c'était perdu ! Après quelques kilomètres, elles se sont aperçues que leur ours les suivait. Il avait échappé aux militaires ; au début, il trottait penaud au creux du fossé pour ne pas tenter un fusil, ou de crainte qu'on ne veuille plus de lui. Ensuite, il s'est montré car il avait l'habitude d'elles et ne savait quoi faire d'autre que les suivre. Elles devaient marcher sans halte, impensable de se risquer à travers champs à cause de la boue profonde, il fallait suivre la route, qu'elles ne connaissaient pas et qui est arrivée en banlieue de Vukovar. Des sifflements d'obus les ont surprises, ils explosaient très près, elles n'avaient jamais entendu ça, ils claquaient à faire mal aux oreilles des enfants, des maisons se brisaient de tout côté. Elles ont couru, la pluie a cessé, le piège s'est refermé.

D'abord, elles ont cherché un abri dans un immeuble encore valable : chaque fois les habitants sont montés des sous-sols pour les chasser : « Trop de malédictions comme ça, trop de saletés, retournez d'où vous venez. » Elles se sont avancées au milieu des ruines. Dès qu'elles entraient, des femmes faisaient le signe de croix. En Croatie, les prières et signes de croix au passage des Tziganes, elles en ont l'habitude. Elles ont dormi dans le salon d'une dame qui leur a préparé une très bonne soupe qui les a réchauffées. Si le ciel doit en protéger une entre toutes, qu'il choisisse la dame ! Le lendemain, les enfants traînaient le pas, épuisés et silencieux comme des enfants qui savent que la vie les attend devant, il leur fallait avancer. Elles ont remonté la grande rue, devant l'église à moitié détruite, elles ont voulu se reposer, des femmes en train de fouiller les décombres leur ont lancé des morceaux de plâtre, une enfant a reçu un bout de planche cloutée sur la tête, elle a beaucoup saigné mais cela n'a rien arrêté. Plus loin, elles ont dépassé les entrepôts, des militaires ont ri, ils ont tiré au-dessus de l'ours pour l'affoler et s'amuser davantage.

Demi-tour. Elles se sont engagées dans une rue déserte, puis elles ont entendu Gugu – c'est l'ours –, il grognait sans cesse, ça s'entendait qu'il appelait. À peine l'ont-elles rejoint qu'il s'est élancé dans un passage le long du fleuve. Les pieds glissaient dans la boue et les détritus. Les enfants ? Ils se révélaient courageux, comme le sont des enfants habitués aux dangers de la route. L'ours s'est mis à trotter plus vite, il a entendu les cris du zoo et ça l'a attiré tout de suite. Devant le panneau, elles n'ont pas tellement craint d'entrer, elles ont seulement regardé derrière elles si personne ne les voyait. À l'intérieur, une cacophonie les a accueillies, de hurlements et d'aboiements et de gémissements qu'on aurait du mal à croire possible. La famine harcelait les animaux depuis des jours, la colère, la peur qui vont avec la faim. Elles ont traversé entre les enclos aussi vite que possible pour mettre les petits à l'abri dans cette baraque, ensuite, elles sont retournées vers les animaux pour ouvrir la volière, puis les enclos ; et les cages à la fin pour ne pas se trouver seules face aux fauves. C'étaient des lions ou des tigres, elles ont mal vu, par chance ils se sont rués droit devant comme des fous, si loin qu'ils ne les ont pas repérées, et elles ont couru aussitôt à la baraque. Portes fermées, elles ont mis les vêtements à sécher, couché les enfants. Les animaux se sont disputés, ils sont partis. On a entendu les cris s'éloigner, le calme est venu.

Quand elles sont sorties, beaucoup d'animaux s'étaient enfuis par le chemin au bord du Danube. Plus tard, dans la nuit, les hippopotames retardataires ont plongé dans l'eau, cela a fait rire les enfants, et jusqu'au matin d'autres ont pris la fuite. Ceux qui restent aujourd'hui se sentent tranquilles, ou ils sont embarrassés par l'âge, comme l'éléphante. Elles, en tant que mamans, se savent trop démunies et ralenties par les petits pour franchir les zones de combat qui les attendent. Et pour être insultées où ? Attendre leurs hommes où ? Est-ce qu'elles savent s'ils sont en vie ?

Ce fut raconté ainsi, Frédéric ne prit aucune note de ce déjeuner fantastique, tous assis autour du feu sur des seaux ou des caisses, dans l'air frisquet que ne menaçaient ni la pluie ni les bombardements – ce que savait l'ours ronflant sous ses lauriers. Le vent se leva en sautes légères sans parvenir à colporter depuis la ville des détonations de guerre et il retomba.

En contrebas, des animaux vadrouillaient comme chez eux. Un troupeau d'oies broutait l'herbe tout autour de l'éléphante qui rêvassait sous un arbre. Les reins cambrés pour mettre en valeur leurs plumes fessières, deux autruches commméraient d'un enclos à l'autre à la recherche de qui médire. Aux quatre coins du zoo, des chiens de prairie assuraient leur tour de garde en brefs jappements, leur répondaient les aboiements que l'on pouvait entendre comme des supplications d'une cohue de chiens attroupés près du portail. Assise les bras croisés près de Frédéric, une fillette éclata de rire quand une boule de poils gris perle déboula en bas dans l'herbe. Les deux koalas enlacés roulèrent dans leur élan de gauche à droite, puis tourneboulèrent dans l'autre sens et disparurent derrière des fougères sans desserrer leur étreinte.

— *Deranjat*, dit-elle, le doigt sur la tempe. *Este Kaïmli şi Kaïmla.*

— *Ce animal preferati ?* demanda Frédéric.

— *Ursii.*

— *Normal. Altii ?*

— *Hijene.*

— *Hijene ? Zasto ?*

La fillette haussa les épaules et répéta *Hijene*. Frédéric pointa un doigt sur lui pour dire qu'il partageait son affection pour les hyènes. Pendant que les femmes discutaient, les enfants emmenèrent Frédéric par les mains. À la cascade, ils soulevèrent une pierre pour lui présenter un crapaud. Marron cendré teinté de vert bouteille était la couleur qui se rapprochait le plus de la sienne.

— *Pulko. Nume Pulko.*

— Salut, Pulko.

Le nommé Pulko ouvrit grand sa bouche un instant, la referma et cligna de l'œil, donna l'impression d'être content de son effet car il était aussi énorme que sympathique.

Un barrissement retentit, les trois enfants coururent vers l'éléphante et s'appuyèrent affectueusement contre sa peau plissée.

— *Luludja. Naša baka.*

— Bonjour, Luludja.

Grand-mère Luludja barrit.

À leur retour, les femmes essuyaient la vaisselle, puis elles s'éclipsèrent derrière la baraque. Frédéric ne résista pas à la tentation de se rasseoir devant le feu. La dame au châle vert lui servit un café bosniaque et s'assit à son tour. Sa beauté lui paraissait maintenant indescriptible, elle ne masquait pas l'incroyable détermination qu'on lisait sur son visage émacié par les voyages, ni un sentiment de solitude qu'on pouvait imaginer, à moins que ce ne fût le reflet d'une émotion plus douloureuse. Ils fumèrent des cigarettes en silence, c'était bon, des bourrasques de vent se levèrent, timides. Frédéric pensa à ce vers d'Apollinaire : « Il siffle des obus dans le ciel gris du nord / Personne cependant n'envisage la mort. »

Le jour finit par tomber, Frédéric se leva pour ne pas que la femme se lève la première, elle l'accompagna en silence dans la descente. La plus jeune le rattrapa en bas pour lui dire : « *Ma bister e cigàre te avesa palpale* », les deux doigts sur la bouche en un geste sans équivoque. Il scella sa promesse d'une tape dans la main et s'en alla, un sac de pommes sur l'épaule. À cet instant, les crocodiles sortirent du fleuve, leurs yeux jaunes clignant de bien-être après leur repas de restes. À son passage, songeuse sous un bel arbre, l'éléphante leva sa trompe en un geste amical et elle barrit de sa voix grave, puis sa trompe reprit son balancement, à droite, à gauche. « Bonsoir Luludja, bonne chance pour tout ! » Les animaux vaquaient à la préparation de la nuit dans l'air humide. Frédéric aurait bien lancé un petit coucou aux hyènes, mais elles devaient être déjà parties en ville. Par-derrière, deux boules gris perle dévalèrent la pente jusqu'à ses pieds. Kaïmli et Kaïmla ne voulaient pas rater les adieux, ils le suivirent jusqu'à la grille.

Un long moment le chahut du zoo résonna aux oreilles de Frédéric, saisi par la mélancolie un peu angoissée des soirs de dimanche à la perspective du lundi matin. Sur le chemin, il croisa trois jeunes ratons laveurs qui rentraient au zoo, et le regardèrent à travers leurs masques noirs. Ce fut l'obscurité, le fleuve résonna des grincements stridents des chauves-souris puis les explosions des obus accaparèrent l'attention de Frédéric et, au loin, dans la pénombre triste se détachèrent les ruines.

La ville assiégée rétrécit. Les tueurs serbes sont lâchés, écrivit Frédéric dans son journal. Les milices sévissent derrière les militaires qui attaquent par le sud et l'est, des périphéries serbes. Les militaires harcèlent à la kalachnikov M70 chaque bloc d'immeubles, que défendent sur chaque palier les combattants croates armés de kalachnikovs M70 fabriquées dans la même usine de Kragujevac, à deux cent soixante-cinq kilomètres de là. Lorsque les assiégés décrochent pour se replier d'une rue, les milices nettoient le bloc à la grenade et au bazooka, et quand la poussière retombe, elles envahissent les immeubles, descendent dans les caves, pour extirper des rescapés prostrés, emmener les hommes en âge d'être des ennemis hors de la ville, derrière des bosquets d'où ils ne reviendront pas.

Dans une pièce, une femme recroquevillée sur un matelas n'a plus rien à pleurer ou crier, un immeuble plus loin trois femmes se soutiennent pour descendre l'escalier, les récits de viols entendus depuis des semaines prennent corps. À l'arrière de ces milices, des Tchetniks locaux fouinent, jeunes allumés et vétérans armés de fusils descendus des greniers qui font semblant de reprendre une guerre interrompue pendant plus de quarante-cinq ans. Ils fouillent les appartements, entassent les télévisions, éventrent les sommiers, égorgent une poule ou un cochon de lait croisés dans la cour, parfois son propriétaire, et font cuire la tambouille et boivent au goulot tout ce qui exhale l'alcool, puis recommencent un étage plus haut. L'avidité triomphe avant la victoire.

Avec les ténèbres, les explosions d'obus et de missiles prennent plus d'ampleur ; au lever du jour, les rafales recommencent, et les cris et les chants.

Une nuit de novembre la ville tomba, le silence des canons réveilla ceux qui sommeillaient. À l'aube, Frédéric se dirigea vers le centre-ville où déjà paonnaient les généraux serbes qu'entouraient des diplomates en combinaison blanche et autres délégués de la Croix-Rouge. Frédéric nota dans son carnet :

Au 88e jour du siège, une apocalypse architecturale surgit de la nuit qui se reflète sur le Danube placide. Des images s'entremêlent. De ruines lugubres, Vukovar, qui fume toujours en son cœur. Gravats, fétidité, silence. Sur ces débris qui s'élèvent parfois à hauteur des capots, on avance, attiré par ces masses de béton incendiées. Plus loin, place de la République, des miliciens déposent sur un charriot une femme blanchie par la poussière qu'ils viennent d'extirper des éboulis. Des drapeaux attachés sur d'anciens lampadaires pendent dans l'attente d'une brise. Des tankistes à califourchon sur leurs canons éclusent une sljivovica trop verte.

Frédéric observait des cadavres oubliés, endormis. Un gros bonhomme en canadienne, coiffé d'un vieux casque en cuir avec des languettes sur les oreilles, reposait à côté d'une monocylindre de marque Jawa (peinte en lettres dorées). Frédéric s'arrêta de nouveau pour écrire :

Un homme et sa moto, l'un contre l'autre, amants qui ont décidé de faire ensemble la route de la mort. Une étrange tendresse, qu'humidifient les eaux proches du fleuve, enveloppe ces dépouilles livrées à elles-mêmes. Mais quelle idée lui a traversé la tête pour décider sous un ciel noir de fumée d'enfourcher sa moto ? A-t-il profité d'un répit pour s'offrir le plaisir de faire ronronner sa bécane à l'air libre ? Ou essayé, alarmé par une mauvaise nouvelle, de rejoindre un parent ?

En face, des dizaines de corps sont alignés dans un

jardin ; les plus chanceux enveloppés d'une couverture. (Frédéric noircit une nouvelle page.) Le froid leur confère des figures de cire, s'ils n'étaient anonymes on penserait au musée Grévin. Une femme défigurée par la douleur ou la panique ; un homme barbu, bouche bée, comme indolent. Plus haut un cortège ininterrompu de voitures en provenance de Belgrade ; en sens inverse, des Golf et des camions emmènent des centaines de prisonniers saisis dans un entrepôt agricole ou extirpés de l'hôpital en pyjama, sur leurs lits de camp, pour les fusiller derrière des arbres d'Ovčara, à cinq kilomètres de là. Des paysans débarquent sur leurs tracteurs, agitent leurs chapeaux au son de l'accordéon ; les autres assistent à la scène d'un air consterné. Partout, titubent sur les décombres et la ferraille des habitants ankylosés.

En haut d'un monticule d'éboulis et d'ordures qui obstruait une rue, Frédéric tomba sur trois jeunes ratons laveurs en train de trier des déchets. Ils le regardèrent d'un drôle d'air. Il les reconnut à leur masque malgré leurs museaux barbouillés. Le zoo ! Les gamins tziganes ? La dame au foulard vert ! Il dévala l'autre versant en direction du Danube. Sur la route des rosiers sauvages, des voitures stationnaient devant chaque maison, venues de Belgrade ou de Šid, plus proche. Après avoir rempli les coffres, on examinait une toiture ou on s'acharnait à démarrer le moteur d'une tondeuse délestée de ses roues. À l'entrée du musée Gradski, des étudiants chargeaient des armures médiévales ; plus bas, des canots descendaient le fleuve. Frédéric cessa de courir lorsque les bruits de la ville s'atténuèrent derrière lui. Nul goéland railleur pour survoler l'eau, même les grillons se taisaient. Il se remit à courir entre les taillis et les haies de tournesols et de rosiers jusqu'au zoo.

À cinquante mètres, les arbres se dressaient, brisés, d'autres dessouchés par le souffle d'un missile gisaient au sol. Le bassin, éventré sous l'explosion d'un obus comme un compotier tombé à terre, libérait une odeur de vase. Les phoques barbus avaient déserté, les crocodiles s'étaient évaporés. Il chercha Luludja. On devinait des piétinements partout dans les herbes, à l'entrée du chemin une marque de pas en forme de galette bordée de petits bourrelets peut-être de *naša baka*, « notre grand-mère ».

Tout était si vide que le silence lui-même semblait s'être envolé. Dans la forêt tropicale, moisissait une senteur de mauve musquée. Un serpent noir descendit le long d'un tronc et, comme s'il devinait la question que Frédéric se posait, il sinua un moment à fleur d'eau, dessina des rides, s'éloigna et revint pour s'enrouler sur une branche, avec ses yeux orange sans paupières. Sous la cascade, des castors, venus eux aussi aux nouvelles depuis le fleuve, partagèrent avec Frédéric un regard incrédule. Un énorme crapaud esseulé sur un caillou le toisa bouche bée. Frédéric lui caressa le front du bout du doigt, pas de clin d'œil madré, ce n'était pas Pulko.

Ni blessé ni mort dans les allées. Les effluves de transpiration et d'urine animale persistaient sans conviction, les tournesols avaient tourné leurs soleils vers le fleuve. Sur la butte, les merles s'en étaient allés. Qu'est-ce qui avait bien pu décider les corbeaux, si alertes et habiles à décoller, à abandonner des lieux qu'ils habitaient depuis des générations ? Frédéric se souvint du pressentiment de catastrophe décrit par la femme tzigane à la vue de champs désertés par les corbeaux censés les protéger. Les portes de la baraque s'ouvraient sur du vide. Près des lauriers, l'herbe conservait l'empreinte de la rondouillarde silhouette de Gugu. Frédéric chercha jusque sous les massifs une petite chose qui ressemblait à un souvenir. Elles étaient parties avec leurs gamins et leurs sacs, à la suite des animaux. Frédéric les avait oubliés.

Il fut saisi par une terrible envie d'être avec elles, de les revoir, au moins un petit moment, d'entendre la voix de la dame, les gamines rire, de leur dire combien il était désolé. Il se sentit plus qu'accablé, une immense tristesse le submergea et il s'assit sur un seau pour regarder le chemin qui filait le long du Danube.

4

C'est de cette façon que l'on quitte les rives du Danube et descend plein sud à travers les montagnes et les rivières de Bosnie-Herzégovine. La suite se déroule à Sarajevo quatre ans plus tard.

Quatre années d'une imprédictible guerre balkanique qui, pour la rappeler en quelques lignes, de Vukovar, s'étendit dès le lendemain à Osijek trente-six kilomètres plus loin, jusqu'au jour de l'An 1992, et de là, après un illusoire répit hivernal, s'enflamma en avril 1992 à Sarajevo, et le long de la Drina depuis Zvornik, où l'armée serbe serrée de près par les mêmes hordes de tueurs tchetniks, partit épurer Nova Kasaba, Hranča, puis tous les villages de Bosnie-Herzégovine, laissant derrière elle des familles assassinées, des femmes disparues, des maisons incendiées, des mosquées et des écoles réduites en poussière. À Višegrad, la Drina se rougit du sang des hommes jetés un couteau dans le dos du fameux pont. À Foča, ville en amont sur la Drina, les femmes musulmanes capturées furent violées dans les bordels pour militaires serbes. Des camps de concentration furent établis à Prijedor. On combattit sur les lignes de front; on résista et tint bon à Sarajevo, à Goražde, à Bihać, à Srebrenica assiégées pour préserver dans la dignité ce qui pouvait résister aux obus et à l'enfermement. Jusqu'à la fin des combats négociée à Dayton, au début de l'hiver 1995, et la fin du siège de Sarajevo, où l'on retrouve Frédéric.

Était-ce un temps long? Long n'est pas le mot s'agissant de l'impression des Bosniens qui luttaient pour ne pas tout perdre et des journalistes pris dans un tourbillon d'histoires de guerre, qui les uns comme les autres ne se relâchèrent jamais assez pour prendre du recul et penser aux jours qui passaient. De la même façon que Dumitru dit de ses champs de bataille du Dniepr et de la plaine hongroise, de ce temps enfui: « C'est après que le temps s'allonge brutalement, la désolation s'impose, si soudaine que cela déboussole. Après, quand ça devrait finir mais que tout commence en réalité parce qu'on prend conscience seulement alors de tous ceux et de tout ce qu'on a perdus. »

L'hiver de l'après-guerre à Sarajevo, ce fut la désillusion et la dérision, il n'y en eut pas de trop pour alimenter les blagues de Mujo et Suljo. En décembre, lorsque les check-points eurent disparu, perdurèrent les traumatismes des viols, les solitudes des héroïnes bientôt oubliées, les infirmes valeureux qui sur leurs béquilles sautillaient le plus vite possible afin d'éviter qu'on leur demande si ça allait, les scolarités foutues et les amours gâchées. Dans les parcs survivaient honteusement les arbres tronçonnés et, sur les décharges d'ordures, les chiens en bandes baissaient la queue en mangeant ce qu'ils mangeaient depuis trois ans. On vécut des jours maussades sans neige pour rehausser le charme des minarets et les coupoles. Alors on déboucha les bouteilles de sljivovica pour se moquer de ses désillusions, on sortit les casseroles, les échiquiers, les cafetières et malgré le froid on déambula en foule pour le plaisir des retrouvailles dans le tapage d'une musique qui ne s'arrêtait plus grâce à l'électricité rétablie.

Un après-midi, dans le bas de la vieille ville, Frédéric heurta une dame très vive à la porte d'un nouveau bar de la rue Branilaca.

— Toi ici ?

— Toi aussi.

Ils trouvèrent une table, commandèrent des sljivovicas.

— *Živjeli !* Alors, raconte.

Sheindel dénoua sa longue écharpe.

— Je ne sais pas. La dernière fois, on était à Budapest... avec Dumitru, ça fait cinq ou six ans, déjà ! Tu vois ma tête aujourd'hui ?

Frédéric se dit que le léger changement qu'il pourrait remarquer serait la disparition du bronzage acquis dans le delta et sourit.

— On a essoré pas mal de bouteilles cette nuit-là, soupira Sheindel.

L'année suivante, les Roumains se sont débarrassés des époux Ceauşescu, résuma-t-elle. Les nouveaux apparatchiks ont bradé le delta par lots à des sociétés de chasse étrangères. On tirait sur tout ce qui bouge ou presque : les sangliers pour les jambons, les loups et renards roux et argentés pour la fourrure, et les loutres bien sûr. Les parcs nautiques ont fleuri, et les gîtes dits authentiques ;

les excursions ornithologiques étaient prises d'assaut. Les animaux survivants se sont enfuis dans le labyrinthe de pertuis et de canaux camouflés par les roseaux et les nénuphars.

— À Sarajevo, tu débarques comment ? demanda Frédéric.

— Je travaille dans une organisation bosnienne pour l'environnement : Fondeko, des gens extraordinaires. Son âme s'appelle Nijaz Abadžić. Je m'intéresse aux migrations animales, des premiers jours de la guerre à aujourd'hui.

— Je crains que beaucoup n'aient émigré au paradis.

— Un animal sur trois ou quatre.

Ceux qui échappaient aux obus déboulaient souvent dans des zones de famine, beaucoup n'ont pas su improviser. Le tétras, le grand, noir, avec des paupières rouges, si altier dans son plastron roux, est-ce que Frédéric a déjà entendu son chant ? Non ? Normal, il ne chante pas, il lance un *tac tac tac* semblable au son des castagnettes, audible à des kilomètres par des paysans affamés, même au cœur des forêts. Au contraire, son cousin le petit tétras, tout aussi fier de sa queue en forme de lyre, se met à l'abri des tueurs. Comment se débrouille-t-il ? En s'aventurant dans les forêts minées, là où aucun humain ne se risque et où son poids trop léger ne déclenche pas le mécanisme des mines. Y pullulent aussi le lièvre malin, l'écureuil naturellement, de petites bestioles comme les hérissons ; y prospèrent leurs prédateurs, renards sveltes, fouines. Beaucoup de chats néoruraux leur disputent le gâteau, chats néo-forestiers plus exactement. Oui, une vague de chats venus des villes ont renoué avec leur félinité à l'occasion de la guerre et n'ont pas l'air de le regretter. Même des lynx apprennent à se mouvoir en marchant en douceur sur les branchages et les troncs abattus pour éviter les explosifs.

Sheindel s'emballait, Frédéric commanda des verres de sljivovica. Une foule d'animaux s'étaient évadés vers les forêts du Monténégro, ou à travers la Croatie, au point que des écologistes autrichiens avaient brandi des pancartes contre les menaces de maladie et d'insécurité liées à une immigration illégale de la faune bosnienne…

— Les hyènes, tu ne m'as pas dit…

Le ton de Sheindel changea.

— Un pêcheur les a vues l'hiver de la révolution, fin 1989, puis plus rien. Tuées et décapitées pour des trophées ? Ensevelies dans la vase ? Échappées ? Il y a bien des déserts en Ukraine, et la Grèce n'est pas si loin, mais j'en doute. Trop de fusils traînaient dehors à cette époque. La manne de l'Unesco s'était tarie, les préjugés ont resurgi. Partout on aime haïr les hyènes, parce qu'elles, on peut les haïr avec l'apparence de la bonne foi. Il leur a manqué au-delà du delta l'immensité d'herbes jaunes et hautes de leur savane natale. Et moi, tu veux savoir ?

Après son départ du delta, elle était retournée au pays, ou plutôt dans le Néguev.

— Pas longtemps, ce n'était plus chez moi, l'ennui l'a emporté sur la chaleur, j'ai fait mon sac.

— Vers où ?

Frédéric lut la réponse sur son visage avant qu'elle ne réponde :

— Cap au nord. La Moldavie. Inutile de m'annoncer par lettre, j'ai poireauté une journée dans son sovkhoze, accoudée à la barrière d'un corral en compagnie de chevaux qui me lorgnaient d'un drôle d'air, sans me demander une seconde ce que je fichais là. Le soir, Dumitru est sorti d'une forêt, hirsute. Il sentait la résine à vingt mètres. En me voyant il est devenu hilare. Je l'ai revu rieur comme lorsque avec Izeta nous faisions les imbéciles, ou quand Zéphir jouait des tours. Puis il s'est balancé sur un pied et l'autre. Un ours ravi. Ouf. Toi ? Tu es là depuis le début de la guerre, j'imagine. Tu restes encore ?

— Je ne bouge pas. Ah, je vois qu'on t'attend. À bientôt ?

Cette fois, levant la tête, asphyxié par l'effort, Frédéric aperçut le sommet du quartier Bjelave, qu'il atteignait par une rue si pentue que les voitures l'évitaient en passant par les rues de derrière. Courbé en deux, il reprit son souffle devant une haute bâtisse enduite d'un crépi lépreux qui se dressait au coin d'une petite place. Sans la fresque de chandeliers sculptée sur les murs, on n'aurait pu imaginer une synagogue.

Sheindel l'attendait, assise sur un escalier de vieilles pierres moussues le long d'un des murs, qui disparaissait dans un bosquet d'arbres. Elle le gratifia d'un hello heureux. Ils firent le tour du temple. Frédéric marchait les deux mains dans le dos, cela fit rire Sheindel :

— Détends-toi. Elle est désactivée depuis 1941.

Sur la placette, des habitués étaient en grande discussion devant la boulangerie ; de l'autre côté de la rue, des promeneurs assis sur des bancs dans un minuscule square admiraient la végétation exubérante qui dévalait la pente et, sur le versant opposé, de l'autre côté de la rivière, les toits des bicoques dans leurs jardinets sarajéviens. À l'autre bout de la place, un vieux bistrot de quartier tenait le coup, le Livia. Dans la salle brunâtre, décorée de photos sépia du siècle dernier, il flottait une odeur d'oignons grillés et une chanson de jazz des Balkans diffusée par une radiocassette. Un chien vint frotter sa tête dans les mains de Sheindel.

— Cette synagogue était celle de maman. *La Kal di la Bilava.* Ma mère était séfarade, une kabbaliste d'Alexandrie. Papa était un rabbin ashkénaze, inépuisable *talmid hakham*, intarissable théologien hassidique. Il faut préciser qu'à cette époque, les rabbins étaient en pleine forme, ils se régalaient trop à se disputer. Ils levaient leurs verres de sljivovica, criaient *ikheym* et s'empaillaient toute la nuit – parce que les rabbins ne perdent pas de temps à dormir. Papa était marrant lorsqu'il expliquait le Talmud. Il pouvait se mettre à danser n'importe comment. Maman ne pouvait lui tenir tête sur des textes qu'elle ignorait, par contre en terrain connu, elle ne cédait pas. Il lançait une *paracha* en hébreu, elle répondait en ladino.

C'est pour cela qu'elle aimait revenir ici. Elle avait grandi sur cette place.

— Tu vois la minuscule bicoque délabrée avec le portail en tôle ondulée au début de la rue ? C'est la maison de ma grand-mère.

Un poêle à charbon suffit. Rabbi Mordehaj s'invite à manger le brochet quand on le dit bien gras, aux alentours de Yom Kippour, mais on le reçoit plus souvent pour la confiture de prunes. La saison des prunes c'est l'automne.

Les porteurs montent les fruits dans leurs larges paniers ficelés sur leurs dos depuis le grand marché, ils remplissent les cuves, la cuisson bouillonne des heures, la confiture parfume tout le quartier, c'est pourquoi les gamins se baladent le nez en l'air du matin au soir, sauf shabbat à cause du poisson.

— Je me souviens des filles qui puisent l'eau à la fontaine, des gamins qui dévalent les rues dans des caisses à roulettes, des meutes de chiens errant dès la tombée de la nuit pour faire les sentinelles. Malheureusement nous, nous ne restions jamais longtemps, ma mère devait repartir à Sighetu et moi derrière. De tous ces souvenirs je ne sais pas lesquels viennent de ce que j'ai vécu, lesquels de ce que j'ai entendu, ou lu dans un recueil de nouvelles. Je m'en fiche, j'aime m'en souvenir ainsi, me balader, deviner quelle existence ça a dû être, tous ces Juifs avec leurs petites affaires et leurs prières et *pilpoul* dans ces rues qui tournicotent. Elles sont si étroites que les charretiers devaient s'annoncer en criant car une seule charrette passait à la fois.

— La synagogue, elle a été transformée en quoi ?

— Je ne sais pas. Les Oustachis en ont d'abord fait une prison. En 1941.

La même année, la grande synagogue, *Il Kal Grande*, bâtie au XVIe siècle, avait été détruite, et les Juifs abandonnés aux occupants oustachis et nazis par leurs voisins – sans scrupules excessifs, on peut le dire, précisa Sheindel, gênée par le mouvement de surprise de Frédéric, mais disposée à parler des exceptions. En six mois, presque tous les Juifs sarajéviens ont été assassinés dans les camps de Croatie, plus de dix mille, en cinq-six mois, sa grand-mère maternelle, et toute sa famille, et toute la rue, et son ami rabbin. La famille d'Izeta a été tuée à Jasenovac à la même période, la communauté des Tziganes n'a pas été mieux protégée, au contraire. Ils habitaient sur la colline de Gorica, en face, on peut la voir en suivant la rue jusqu'au sommet, ce que Sheindel a l'habitude de faire. À partir de cette place, elle prolonge la balade en redescendant de l'autre côté à travers les petites rues jusqu'à l'Alipašina, et prend en bas la grande route des roulottes, qui monte en lacets jusqu'à Gorica, où l'on ne peut pas rater la splendide demeure à tourelle de l'oncle d'Izeta, le *baro*.

Après-guerre ? Les rares Juifs rescapés ont abandonné Bjelave pour former une petite communauté sans histoire, façon de dire, sourit-elle, dans la ville basse, puis, il y a trois ans, au début du siège serbe de Sarajevo, beaucoup ont profité d'accords entre l'Agence juive, le Joint et les belligérants pour quitter la ville à destination d'Israël. Aujourd'hui, les vieilles jambes des derniers réfractaires les dissuadent de monter ici. De toute façon toutes leurs maisons sont occupées, leurs boutiques et ateliers remplacés. La seule synagogue encore ouverte au culte est ashkénaze, elle sert à tous, déjà trop grande pour ceux qui restent et il arrive, certains jours d'hiver, qu'on atteigne le *minyan* de justesse. Les céramiques du plafond sont magnifiques, une belle lumière entre depuis la rivière Miljacka qui la borde, son intimité comble Sheindel. Elle n'est pas pratiquante, esquive la question en se disant pratiquante du yiddish et du ladino parce qu'elle éprouve le besoin de s'asseoir près du chandelier, de se rassembler avec d'autres qui lui réchauffent le cœur, pour entendre les anciens parler dans leurs langues.

— Et Dieu dans tout ça ? demanda Frédéric.

— Sauvegarder son judaïsme, peut-être que ça sauve Dieu, dit-on. Et puis, c'est à la synagogue que j'ai rendez-vous avec Mazalta et rabbi Ychmael, mes parents. Pas assez souvent, quand ils le veulent bien.

— Une belle idée, ces rendez-vous.

— Un jour, j'ai vu Izeta dire une prière, Izeta priait à l'improviste, sans que l'on sache pourquoi, c'étaient de très courtes prières, comme sur des coups de tête. Je lui ai demandé ce qu'elle pouvait bien dire à Dieu de cette manière curieuse. Elle a répondu que lorsqu'elle priait Dieu, en fait, elle ne s'adressait plus à lui, mais à ses parents, elle les priait chaque fois de revenir vite et leur disait qu'elle les attendrait toujours. Sa prière exprimait le contraire de toutes les prières pour les morts. J'étais trop petite pour la comprendre, eh bien, aujourd'hui, j'exprime une demande très semblable.

— Ça te fait bizarre d'en parler ?

— Non, ce qui fait bizarre c'est de voir l'ancienne synagogue badigeonnée de graffitis. Les fenêtres bouchées à l'aide de cartons d'emballage, les chiens qui font pipi contre les murs… La tristesse de l'assassinat, ce n'est pas rien, et pour ça on a inventé le deuil. La disparition d'une synagogue et d'un quartier, c'est une hantise aussi. Une nuit, Dumitru m'a dit : « Ah, moi, j'aimerais que le passé hante mon présent, comme vous autres. Pourtant je ne suis hanté que par le vide. » Il m'a expliqué que les disparus n'existent pour lui que sous l'apparence de fantômes, il ne parvient pas à les considérer comme les personnes qu'elles ont été. Ils surgissent, ils s'échappent, la mémoire les rejette. Je ressens un empêchement un peu comparable. J'ai du mal à me concentrer sur certains souvenirs. Tu sens les oignons ? J'aime manger dans ce restaurant un brin lugubre, on peut déjeuner si tu veux. C'est bosniaque popu, *ćevapi*, *zeljanica*, bureks. Pour je ne sais quelle raison le patron passe ces vieilles chansons de jazz. Je crois qu'il a deviné pourquoi je traîne souvent dans ce quartier, le reste aussi. C'est la discrète et tenace bienveillance bosnienne. Je t'ai fait monter ici pour m'encourager à te parler de ma famille, de la synagogue. Parler à autrui pour remplir de vie des souvenirs. Je me sers de toi, merci, merci, on trinque. Dumitru dit que lui, il évite carrément d'en parler, des souvenirs, parce qu'à peine il se souvient d'un bon moment en compagnie de sa mère, quand il était gamin et qu'elle l'emmenait dans les bois, ou au retour de la guerre, aussitôt se superpose l'image de la fosse commune. « Un tas d'ossements recouvre ma mère, ils nous empêchent d'être ensemble. » Ifigenia, quel prénom. Dumitru en arrive à chasser ses souvenirs de peur de la vision des ossements.

Ils commandèrent une autre bouteille de vin. Sheindel alluma une cigarette qu'elle glissa entre les lèvres de Frédéric et une deuxième pour elle. Il demanda :

— Tu ne m'as pas dit à quoi ressemble son sovkhoze.

— Des bâtiments en bois, des forêts en bois, des chevaux pas en bois.

Il se montra curieux, elle continua. Des montagnes les environnent de prés, acérées au nord, plus galbées au sud. Une herbe drue pousse en bas dans la vallée, quadrillée de corrals ; des hêtres et des châtaigniers se partagent les forêts à mille mètres, puis apparaissent des sapins plus sombres jusqu'à la neige des cimes. Ce n'est pas son Maramureş natal à elle, plutôt les massifs bruts d'ici parce que, petite parenthèse, elle a découvert en Bosnie des montagnes sublimes.

— L'ours Dumitru va rester dans sa tanière ?

— Il ne va pas en bouger. Il aurait pu récupérer sa maison à Bălţi pour ses vieux jours, il préfère écouter le corral depuis sa fenêtre. Il a accouché tous les chevaux, c'est lui qu'ils ont entendu en premier.

Dans sa chambre en planches, on chercherait en vain trace de souvenirs, même un rocking-chair ou une radio-cassette. À leur place ne règne que l'odeur de transpiration des chevaux accrochée aux pantalons, s'amusa Sheindel. Là-bas, Dumitru et Sheindel vivent d'amour et de rigolades, à l'ancienne. Les années ont passé, mais ils se défendent bien. Dumitru ne s'est pas rabougri sur ses regrets comme elle a pu l'appréhender, il ne s'essouffle pas sur les pentes malgré les séquelles du goulag, vaillant de jour comme de nuit, quand il picole, il devient très drôle. Il se régale des petits plats ashkénazes qu'elle lui mijote. Aux aurores, ils prennent le café dans un coin de la cantine, puis ils trottent sur leurs montures ou s'élancent au grand galop par grand vent dans les vallons et les clairières, dorment dans les fougères, empestent le cheval, l'eau de rivière, la mousse et l'herbe parce qu'ils planquent sans fin, dans l'attente de visites.

— Des visites ? l'interrompit Frédéric.

— Oui, des visites, pas des rencontres. Quand tu parviens à te tenir immobile dans un endroit sauvage, avec de la chance, tu vois un animal venir à toi, te rendre visite, répondit Sheindel. Rien de comparable avec un animal qui passe par hasard et marque un temps de surprise. Ou un animal à l'affût que l'on observe avec des jumelles en évitant d'écraser des branches sèches sous ses bottes. Un animal qui s'approche de toi à petits pas, le museau frémissant, c'est fantastique pour la simple raison qu'il vient pour toi. Des trappeurs ou des chercheurs l'ont bien décrit. L'animal voit un être vivant d'une autre espèce qui ne lui paraît ni hostile ni appétissant, il cherche à en savoir plus. Alors, il tente de faire ta connaissance, il lance divers messages, des sons, et il attend, il sent ton odeur, propose la sienne, examine de face ou de biais selon le caractère, il bouge comme ci comme ça. C'est différent s'il s'agit d'un sanglier, ou d'un renard ou d'un geai…

— Ça t'est arrivé ?

En fin d'après-midi, une laie, une très jeune maman, était passée près d'un rocher contre lequel Sheindel et Dumitru bavardaient au soleil. Elle était accompagnée de sa marmaille, Sheindel a pensé qu'elle allait accélérer pour filer son chemin, pas du tout : elle s'arrête, hésite, et décide de se détourner vers eux. Les marcassins restent en retrait, leurs petites billes allant de la maman aux inconnus. Elle exécute aussitôt un numéro de pas de côté, ponctués de grognements – je viens, je ne viens pas, si si, je viens, et non, je ne sais pas –, c'est assez gracieux, on la sent coquine, néanmoins prudente. Elle trouve sa distance et s'assied pour les observer par en bas, l'air de ne pas regarder comme font tous les porcins. Les marcassins se mettent à chahuter en direction du rocher. Un grognement les rappelle à l'arrière, où ils se disputent, indifférents aux adultes. La laie écoute, sa hure dodeline pour mieux flairer ses deux vis-à-vis. Par intermittence, ses oreilles battent l'air comme des ailes d'oiseau, cela semble rythmé comme du morse, mais que décoder ? De longues minutes, on attend de part et d'autre le signal de fin, puisqu'il ne vient pas, elle se couche sur le flanc. C'est tout juste si elle ne pose pas sa tête sur son sabot, les marcassins la tètent et s'endorment, la laie se met à nasiller. Les trois adultes étaient bien ensemble, ils ont passé ainsi une partie de l'après-midi sans gêne ni ennui, et voilà qu'elle s'en est allée, l'allure vagabonde, égayée par les couinements de sa progéniture. Avait-elle fait le tour de la question ou des tâches familiales l'attendaient-elles, peut-être aurait-il fallu la rappeler en nasillant.

Dumitru raconte dans un carnet qu'un glouton s'est approché de lui alors qu'il s'était assis sur une souche : il l'observe à la va-vite, l'air pressé, à la limite de l'hostilité, et il repart. Le lendemain il est là, allongé. Dumitru le reconnaît, lui lance la tranche de viande séchée de son casse-croûte. Le glouton renifle, le bruit de son museau laisse comprendre que ce n'est pas l'heure, ou pas alléchant. Dumitru revient plusieurs jours d'affilée, chaque fois il le retrouve. Ça devient des rendez-vous, tantôt l'un ou l'autre s'absente s'il a mieux à faire, ça ne dure pas longtemps, l'autre patiente. Le glouton s'étend toujours près du même arbre, et croise élégamment ses pattes de devant, sur la même branche morte. Une source coule un peu plus bas, parfois il va boire, Dumitru a soif aussi, il hésite et renonce à le suivre, le glouton revient. Dumitru l'a appelé Radu. Un jour, ils sont deux. Il est accompagné de sa belle, semble-t-il à sa tête plus fine, couverte d'une fourrure blanc et noir plus élégante que la sienne. Radu s'affiche plus hardi que d'habitude, ou plus familier. Puis, plus personne les jours suivants. Dumitru est revenu avec insistance, il s'est attardé pour tenter de forcer l'histoire, rien n'y a fait, tout était fini. Radu a-t-il voulu présenter sa compagne à Dumitru avant la séparation ? Est-ce la compagne de Radu qui n'a pas accroché avec Dumitru ? Ou rien de tout ça ?

— Hum ! Ça devait te faire un peu drôle, après le zoo, laissa entendre Frédéric.

Sheindel fixa son verre vide en souriant. Frédéric reremplit les verres et insista :

— Ça m'intrigue. Quand même, la solitude n'angoisse pas Dumitru ?

— *Keyn weg*, pas du tout. J'ai l'impression que la solitude dans laquelle il est tombé à sa sortie du goulag l'a tourmenté autant que le néant du goulag lui-même. C'est parce qu'il craint la solitude qu'il préfère ses nouveaux amis, plus compréhensifs. Il dit qu'avec eux, il n'a plus l'impression d'être toujours en décalage avec les autres, à la traîne à cause de ses années de goulag sur tout ce qu'il voudrait faire.

Le jour s'en allait, les habitués emplissaient le Livia, ceux qui jouaient aux échecs au fond, les autres entretenaient un brouhaha de discussions enfumées, dehors aussi la place s'animait ; quand le patron vint leur poser une nouvelle bouteille aux frais de la maison, Sheindel saisit la main de Frédéric pour le remercier d'avoir respecté un long silence. Elle dit :

— À Budapest, un jour, Dumitru nous exhortait à préparer notre retour dans le vaste monde, Izeta lui a rétorqué : « Le vaste monde, c'est le zoo, rien que pour nous. Sans les *gadjé*. » Dumitru m'a rappelé ça. Il a été heureux au zoo. La mélancolie ne le ronge pas, ça m'a surprise, et il aime tant parler d'Izeta, il la connaît bien, il me raconte des moments incroyables, des épisodes si chouettes et qui me sont totalement sortis de la tête. C'est fou ce qu'il m'apprend. Nous étions trop gamines pour retenir des souvenirs.

Le printemps dorlotait Sarajevo d'une chaleur tiède. Même si sa légendaire *dolce vita* n'avait pas survécu à plus de trois ans de siège, c'était une ville née du désir d'être heureux ensemble et ses habitants n'étaient pas des gens à gâcher les bonheurs retrouvés à cause de ressentiments. Ils profitaient de la désinvolture de l'air, passaient la journée à discutailler, à blaguer et rire aux terrasses en attendant la bousculade du soir aux bars, la musique, les retrouvailles, de nouvelles blagues et moqueries.

Un jour qui précédait la nuit de pleine lune, Sheindel invita Frédéric à l'accompagner sur un poste d'observation animalier au bord de la Drina. Une nuit studieuse, prévint-elle, pour étudier le retour, semble-t-il exclusif à la pleine lune, d'animaux exilés au Monténégro depuis les massacres de la guerre. La lune attendit les ténèbres pour jeter sa lumière diaphane sur les premières ombres au trot léger qui descendirent de la forêt monténégrine et s'abreuvèrent en admirant le reflet tremblotant de l'astre sur l'eau, pour, en effet, traverser la rivière à un endroit de peu de fond et disparaître en face sur la colline bosnienne. Sheindel raconta comment au zoo, les nuits de lune de bille, comme disaient les filles, leur contemplation du ciel les emmenait par monts et par vaux sur la Lune, grâce à une arche volante remplie d'animaux qu'elles avaient pour mission d'accompagner. Ensuite, elles inventaient des chansons et des histoires terribles, tandis que les chauves-souris se livraient à un ballet si suraigu, du fait de la pleine lune, qu'il échappait par moments à l'oreille. Les cornues en chaleur torride grimpaient sur le dos de qui elles trouvaient ; les coyotes, museau pointé vers l'astre, appelaient, appelaient, on ne savait qui, on devinait seulement à leurs hurlements, plus graves que d'ordinaire, qu'ils se prenaient pour des loups. Ces nuits-là, Andronica boudait dans son coin percluse de tics bizarres ; des sociétés de corbeaux tenaient messe noire en croassements gutturaux dans le parc et Lùna ne donnait à la traite qu'un lait jaunâtre et aigre qui avait pour effet d'enivrer Sara et Zéphir.

Comme si elle le retenait sur ses lèvres depuis longtemps, Sheindel dit :

— Nos histoires sont inséparables, même petites, on l'a su, la sienne aussi juive que la mienne, la mienne aussi tzigane que la sienne.

Frédéric lui demanda si elle n'appréhenderait pas de retrouver Izeta.

— Appréhender ?

— Eh bien, il s'est passé cinquante ans…

— Tu es tordu ou quoi ? Appréhender… Je la prendrais dans mes bras, elle me prendrait dans ses bras, très fort. Qu'est-ce qu'on s'en fout, des années ! On raconterait des histoires d'hippo soupe au lait… Comment peux-tu…

Sheindel se tut, alluma une cigarette, sa main tremblait, son regard se posa sur un remous d'eau brune autour d'une pierre, furieuse et atterrée. Frédéric attendit, désolé.

Sheindel lui demanda d'une voix enrouée :

— Tu as écrit un bel article sur le zoo de Vukovar dans ton journal. On me l'a traduit à Fondeko : la mamie éléphante Luludja sous son arbre, entourée du crapaud et des petites copines tziganes, les roulades de Kaïmli et Kaïmla, les koalas… Tu sais qu'il n'y a jamais eu de zoo dans cette ville ?

— Je connais Vukovar, je le sais.

— Alors, pourquoi ?

— Sais pas.

— Ah…

C'était la fin du siège, dit Frédéric. La dernière nuit, il l'avait passée dans une cave comble. En attendant le matin, qu'ils savaient tous le dernier, les réfugiés s'étaient allongés sur des couvertures et des cartons. Dans un sommeil d'épuisement, Frédéric a fait un rêve dont il a conservé tous les détails. Il se passe dans un zoo au bord d'un fleuve qui ne peut être que le Danube, au-delà d'un quartier de maisons détruites, puis d'un no man's land. La rue envahie de rosiers qui y mène est une rue réelle de Vukovar, où il a rencontré une dame dans son potager. Les Tziganes du rêve, eux aussi existent bel et bien.

— *Bel et bien ?*

Frédéric expliqua qu'après avoir passé le bac, près de la frontière hongroise, il avait dépassé sur le bord de la route pas loin de Vukovar une petite troupe de trois femmes et trois enfants, sans hommes. Un peu plus tôt, les femmes avaient été dépouillées de tout, abandonnées sous la pluie battante par des milices qui avaient emmené leurs hommes dans leurs voitures avec les caravanes. Il les a transportées à Šid, à l'abri.

— Et les hyènes ? demanda Sheindel.

Il n'en a pas vu, elles n'apparaissent que dans le rêve, nettes, à travers une haie... Bref, le matin de la chute de la ville, continua-t-il, le centre était envahi de journalistes et de cameramen. Des observateurs onusiens papotaient dans leurs combinaisons blanches, des envoyés des organisations humanitaires sillonnaient les ruines dans leurs 4×4 afin d'apposer leurs autocollants sur des pans de mur. Leur affluence plus nombreuse d'heure en heure n'affectait pas la férocité inouïe des miliciens ivres de haine moisie qui violaient, pillaient, tuaient. Une file de paysans des environs arrivaient sur leurs tracteurs, ils avaient accroché des remorques au cas où ils trouveraient des télévisions ou des jerricans ou n'importe quoi à embarquer.

— Je commence à écrire. Il fait nuit, je m'éclaire avec une lampe torche.

— Les journalistes écrivent souvent leurs rêves ? s'étonna Sheindel.

Frédéric eut des scrupules à lui avouer que parfois la fatigue leur tombe dessus et que tout devient alors lugubre, et qu'on en a marre d'écrire les gravats, les gens qui titubent trop désemparés pour marcher droit, les caves et la peur, et qu'il avait eu envie d'une histoire de beauté, de belles personnes, d'enfants en compagnie d'animaux fiers et heureux de ce qu'ils étaient. Il répondit :

— Ce qu'a dit Dumitru à Budapest m'a marqué.

— À quel sujet ?

— Son angoisse que des êtres ne laissent aucune trace de leur séjour sur terre. Que les zeks sont rejetés des mémoires, même de leurs proches. Tu me l'as rappelé. J'ai pensé à vous au zoo. Donner une existence à Izeta, avec en tête Mama, la renne blanche, à ce qui a compté dans leurs vies.

— Je pensais que tu écrirais un roman.

— Vos souvenirs, ça donnerait quoi ? Une forme d'hommage à Izeta, autant dire un enterrement. Vous l'auriez mal pris...

Le rire de Sheindel l'interrompit, elle expliqua qu'un soir, dans la chambre de Dumitru, pendant qu'elle cuisinait des sarmas au chou, elle avait évoqué l'idée que le journaliste français mijote un livre sur eux. Dumitru avait rigolé : « Faut être bête pour se mêler du destin des autres. Nos souvenirs de guerre n'ont de prise que sur ceux qui les ont partagés. Qui d'autre pourrait éprouver nos regrets ? »

— Il a raison, quoique, la trahison, ça nous connaît, dit Frédéric. En vrai, j'ai écrit cette histoire au zoo de Vukovar parce qu'elle ne m'en excluait pas. J'ai été si bien dans mon zoo, avec ces femmes, ces gamines et leurs amis, c'était quelque chose à partager avec toi et Dumitru, et Izeta. Les reporters aiment à dire que leurs plus belles histoires sont celles qu'ils n'ont pas osé raconter. J'ai osé.

Sheindel observa le visage de Frédéric dont le regard s'était perdu au loin et le ramena à elle en lui entourant les épaules.

— Bisou !

Ils marchèrent jusqu'à la fin d'un silence, bras dessus bras dessous.

De retour chez elle, comme chaque nuit lorsque la tristesse l'attendait dans son lit, Sheindel se recroquevilla sur le flanc, mains jointes et solidaires, et s'endormit aussitôt. Le blanc envahit tout. Elle sait qu'elle ne peut retrouver la petite Sara dans l'immensité blanche, elle doit pourtant la chercher. Chaque fois que Sara disparaît, elle erre à sa recherche. Dehors, des lamas, des lapins, des coyotes se tiennent dans une allée, ils semblent l'attendre. En tout cas ils ne s'étonnent pas de la voir passer, la neige leur tombe dessus sans qu'ils y prêtent attention. Il y a aussi les rennes, les manchots et d'autres qu'elle distingue mal dans les tourbillons de neige. Ils sont gênés, ils la regardent avec un sentiment qui oscille entre la consternation et la compassion, c'est plus qu'une impression. Suzana et ses copines sont là, plus loin, elle lit dans leurs yeux de l'incompréhension. Même elles prennent leurs distances, elles agitent leurs museaux de bas en haut. Sheindel l'accepte, elle ne tente rien, n'y peut rien. Elle continue. La neige tombe en un déluge de minuscules flocons. De l'autre côté de la grille, la blancheur du parc se perd dans un brouillard insonore. Ce n'est pas grave. Elle court sur le sol verglacé. Les voitures stationnées ne sont plus que des monticules blancs. Personne dans les rues. Elle fouille à pleines brassées le tas de poudreuse amoncelée dans la carcasse du tramway. La neige n'a aucune consistance, plus elle en retire, plus elle s'affole. Izeta surgit face à elle, de la neige recouvre ses cheveux. Elle insiste de ses yeux noirs, son nez un peu busqué, si près du sien qu'ils se touchent comme quand elles se disaient bonjour et riaient. Izeta sourit, elle au moins lui sourit, mais elle lui serre les épaules de ses mains crispées. « Sheindel, viens, viens, viens… »

Sheindel se réveilla, le mot « viens » à l'oreille. L'a-t-elle crié ? Elle n'en est pas sûre ; comme chaque fois, elle pense que oui puis que non, il n'y a personne pour le lui dire. Depuis combien de temps ce rêve revenait-il ? À un moment elle s'était dit qu'il coïncidait avec son arrivée à Sarajevo, elle n'en était plus certaine, parfois elle croyait qu'elle le faisait il y a longtemps, peut-être très longtemps, mais se le rappelait par lambeaux, sans y prêter attention. Elle se souvenait qu'à une époque, au réveil, tout se présentait flou et éphémère, insignifiant, sauf de revoir Izeta et les autres, et que depuis qu'elle parvenait à le conserver en détail, l'effroi la saisissait.

Elle demeura immobile, en chien de fusil, mains serrées, la joue à plat sur le drap. D'une tristesse inconsolable qu'Izeta ne soit pas restée quelques secondes de plus. Elle était si près, elle l'avait sentie. Il était quatre heures, l'appel bienveillant d'un muezzin s'entendit au loin. Pour lutter contre le sommeil, car Sheindel appréhendait l'inévitable second cauchemar qui se tenait en embuscade, elle se mouilla le visage. Elle ouvrit la fenêtre pour laisser entrer les derniers bruits de la nuit.

Bien avant le jour, l'envie d'attraper le premier tramway la poussa dehors pour dévaler la rue jusqu'à la station. *Cliiiing, cliiiing !* Le tramway rouge et jaune et rouille ne tarda pas, des étincelles fusèrent sur la rame. Le front contre la vitre, Sheindel se laissa bercer par le bringuebalement. Elle aimait la complicité de ce premier tramway aux passagers somnolents. Sur l'avenue longiligne se propageait l'agitation d'une matinée laiteuse.

À Ilidža, le terminus, le tramway arrondit sa trajectoire autour d'une place circulaire. Le jour se levait, le ciel se montrait indécis, on se serrait, cigarette aux lèvres, dans les *ćevabdžinica* et les *kafana*. Sheindel préférait les bars qui bordaient plus loin l'allée piétonne. Au Yu Caffé, du jazz bosnien tenait compagnie de bon matin aux portraits de Tito accrochés aux murs au milieu de plaques minéralogiques de l'époque yougoslave et de photos des JO de 1984, ceux de Sarajevo. Sheindel avala un premier expresso d'un trait, une bande de gamins tziganes déboula. Ils la guettaient depuis la fenêtre d'une bâtisse incendiée et taguée, leur forteresse.

— On n'a vu personne, madame Sheindel.

— Sûrs ?

— Très sûrs.

— À Gorica ?

— Personne.

Sheindel distribua des pièces, ils s'égaillèrent en direction d'un club de jeux vidéo. Elle se sentit paumée, oubliée de tous, se leva d'un geste brusque. Dehors, elle reprit l'allée qui se terminait sur un pont de la Željezniča. L'eau coulait brune et gaillarde en cette période de fonte des neiges. Au bord, une colonie de canards migrateurs faisaient escale, c'était aussi l'heure où des corbeaux se retrouvaient sur cette pelouse humide sans qu'on sache pourquoi ici, peut-être pour écouter les potins de voyage des canards. Après le pont, Sheindel descendit vers la berge pour traverser cette assemblée de corbeaux, histoire de les saluer comme chaque fois que l'occasion se présentait et reprit son chemin à travers les arbres. Une

Zastava 850 jaune des années cinquante stationnait sous le porche de la pizzeria Ildžis, où, le dimanche, Sheindel aimait regarder les gens danser.

Une bourrasque débarrassa l'air de son humidité, les gros nuages grisâtres s'éclipsèrent, derrière eux un ciel plus haut, bleu, ravigota Sheindel. Elle se sentit légère, les choses lui apparurent possibles. Avec la chaleur, le bruit aussi changea. Le long d'une allée d'arbres, une tribu d'écureuils noirs qu'elle n'avait jamais vus sautaient dans les branches nues, ils filaient sur les troncs et s'amusaient, pareils à des mômes, à couper devant ses pieds pour gêner sa marche. Le chemin débouchait sur un campement de Tziganes dans une vaste prairie vallonnée, près de la rivière où étaient dispersées les caravanes et, devant, des tables et des chaises pliantes, des canapés et assis dessus des gens en train de boire le café et fumer la cigarette, pas loin d'une radiocassette. À l'abri des arbres, dix générations de Mercedes se la coulaient douce, des gamins tapaient dans le ballon un peu partout, ici un homme tournait un mouton sur une broche, là une femme suspendait des tapis pour ne rien perdre des premiers rayons de soleil, des corbeaux devisaient en compagnie de merles. Peu de baraquements et de cabanes, ni jardin ni poules, c'était un campement de passage. L'odeur des feux chatouilla les narines de Sheindel comme à chacune de ses visites. D'une fenêtre, elle entendit sortir une chanson de *sevdalinka* qu'elle aimait, et pourtant, aussitôt l'herbe flasque sous ses pieds lui parut désagréable, sensation de l'avoir déjà trop foulée. C'était une connerie, elle n'aurait pas dû, ce foutu cauchemar, elle amorça un demi-tour, pas assez vite.

— Viens boire un café, ma belle.

— Merci, j'en ai déjà pris.

— Tu ne la trouveras pas aujourd'hui. Entre, Sheindel, mon café est le meilleur, j'ai des loukoums à la pistache, je sais que tu les aimes.

À la porte de sa caravane, une femme l'attrapait par le bras. Il faisait doux dedans, que des belles couleurs, des photos de Tziganes encadrées par des guirlandes, des coussins rose et vert. La femme servit un *bosanska kafa* sur un plateau et ajouta cigarettes et briquet.

— Elle t'a beaucoup cherchée. Un jour, tu la retrouveras.

— Comment le sais-tu ?

— Je le lis dans tes yeux.

— Qu'est-ce que tu lis dans mes yeux que tu n'as pas lu dans ma main ? demanda Sheindel en riant.

— Tu es triste. Tes souvenirs sont une tristesse de petite fille. Tu n'es pas mélancolique. C'est extraordinaire d'être encore triste après tout ce temps. C'est beau, elle viendra.

— Nos vies se déroulaient pleines de nouvelles joies et de nouvelles tristesses.

Elle s'empressa d'ajouter :

— La mère d'Izeta disait que chaque personne devient ce qu'elle a perdu.

— Reprends de ce café tant qu'il est brûlant. Dis-moi, je voudrais savoir, quand tu fais des rêves, est-ce qu'un fantôme te tourmente, même petit ?

— Un fantôme, non. Des hyènes, oui, mais elles ne

me tourmentent pas du tout, elles me regardent bien, c'est par période, des…

— Tu vois. Rien n'est perdu. *Bister ćiro žalipe*, oublie ton inquiétude, comme on dit en romani.

Sheindel ne se lassait pas de sa voix grave et chantante.

— Hasnija, je voudrais que tu me tires les tarots.

— Ce n'est pas possible, je les ai déjà tirés.

— On ne sait jamais.

Elles sourirent. Hasnija hocha la tête en signe de refus et posa ses mains lourdes de bagues et de bracelets sur celles de Sheindel qui les contempla. Elle aurait pu rapporter mot pour mot les phrases d'Izeta, lorsqu'un soir dans la paille elle lui avait raconté la fouille de sa famille et l'arrachage de tous les bijoux des femmes avant leur déportation au camp de Jasenovac, elle avait ajouté qu'aucune Tzigane n'oserait sortir sans ses bagues et ses bracelets. Hasnija, qui sentit Sheindel sur le point de se lever, l'en découragea d'une pression douce de la main. Sheindel bataillait pour ne pas laisser un grand vide bien connu d'elle la submerger.

— Maintenant calme-toi, lui intima Hasnija qui entendait les battements beaucoup trop lourds de son cœur.

— On s'aimait comme des enfants. Sans y penser. Est-ce que des enfants y pensent, quand ils s'aiment ?

— Non.

— Je me demande parfois si elle y pense aujourd'hui.

— Le manque empêche d'oublier. Elle est venue et revenue dans votre zoo.

— Toute seule.

— Elle ne t'a pas trouvée. Nous les Tziganes, nous avons l'habitude de nous tenir cachés. Aujourd'hui une chose bloque son cœur, crois-moi, ce n'est pas pour toujours.

Sheindel ne répondit pas et pensa à l'inéluctable désolation de cette journée. Elle tourna son regard vers la fenêtre, Hasnija resservit le café bouillant. Dehors, deux corbeaux perchés en équilibre précaire sur des piquets conversaient de leurs gros becs anthracite. Elles les contemplèrent un long moment, que rien ne semblait devoir interrompre. Sheindel murmura :

— Ces corbeaux dehors, ils s'en fichent ! Au zoo, Izeta disait qu'ils nous protégeaient, ils passent leur temps à jacasser, jacasser, même avec des merles, ils jacassent... Est-ce qu'on doit s'attendre à ça ?

Composition : IGS-CP à L'Isle-d'Espagnac (16)
Achevé d'imprimer
par CPI Firmin-Didot
à Mesnil-sur-l'Estrée, en juin 2023
Dépôt légal : août 2023
Numéro d'imprimeur : 175399

ISBN : 978-2-07-302565-4/Imprimé en France

597840